官能アンソロジー

秘《ひ》典《てん》 たわむれ

藍川　京
牧村　僚
雨宮　慶
長谷一樹
子母澤 類
北山悦史
みなみまき
北原双治
内藤みか
睦月影郎

目次

アクシデント

藍川 京

著者・藍川《あいかわ》 京《きょう》

熊本県生まれ。一九八九年にデビュー以来、ハードなものから耽美なものまで精力的にとりくむ。特に『蜜の狩人』『蜜の狩人—天使と女豹』『蜜泥棒』(いずれも祥伝社文庫)で、読者の圧倒的な人気を獲得した。現在、斯界《しかい》の注目を集める女流官能小説の第一人者である。著書多数。

1

「お腹《なか》、空《す》いちゃったなあ……」

溜息《ためいき》混じりに女が言った。

「ねえ、食事？」

駅ビルの最上階のレストラン街で、店の入口の蠟細工《ろうざいく》のメニューを眺めていた多田雄一《ただゆういち》は、見知らぬ女が自分に尋ねているとわかると、戸惑ったように、ああ、と頷《うなず》いた。

日本列島は例年にない寒波に襲われているというのに、十代と思える小柄な女は、ミニスカートだ。ロングコートを羽織《はお》っているとはいえ、膝《ひざ》から上は薄いストッキングに包まれているだけに、いくらブーツを履《は》いていても、無防備で寒そうに見える。男より女のほうが皮下脂肪が厚いとわかっていても、多田はいつも女の辛抱《しんぼう》強さには感心してしまう。

「お腹空いちゃったんだけど、ご馳走《ちそう》してくれるはずだった友達が来られなくなったから、私、困ってるんだ」

女はまた大きな溜息をついた。ショートヘアに似合いの大きなリングのピアスがゆらゆら揺れた。長い睫毛《まつげ》の動きがセクシーだ。

大きな女が多くなっているが、多田は小さな女が好みだ。厚底ブーツを脱げば、女の身長はせいぜい一五〇センチ余りではないか。

「これでいいからご馳走してくれない？」

女は数百円のいちばん安い定食を指《さ》した。

図々しい女が多くなっているだけに、唐突とはいえ、女の要求は、その小柄な体軀《たいく》のように愛らしかった。

多田は結婚生活十一年めの四十一歳。ときどき女のつまみ食いはするが、援助交際はまずいので、その手の女とわかると関わらないようにしている。だが、目の前の女はそうでもないような気がして、多田の気持ちは大きくなった。ヤマンバのような目立ちすぎる女は困るが、そんなことはない。

「いくらなんでもそれじゃなあ。もう少し高いのにしたらどうだ」

「やったァ！」

大きな目をさらに丸くした女は、それでも、たいして高いものは頼まなかった。

美乃里《みのり》と名乗った女と向かい合って座ると、透明感のある唇の愛らしさが際立って見えた。

ついつい多田は、美乃里は男を知っているだろうかと考えた。

（今どきは早いからな……これでバージンだったら、奇蹟に近いか。この口でムスコを舐《な》めまわされたら気持ちがいいだろうな……)

そんなことを考えていると、今度は、何人の男を知っているのだろうと気になった。もてるかもてないか、ふたつに分けるなら、美乃里は毎日、複数の男に声をかけられてもおかしくないタイプだ。尻軽女《しりがるおんな》という感じではなく、どことなく親近感があり、近づきたくなるタイプだ。若いくせに、やけに色気もある。

「私、苦労したのよ」

箸《はし》を動かしながら、美乃里は言葉と裏腹に、苦労を感じさせない笑みを浮かべた。

「母親は私を産むと、すぐに離婚して、女手ひとつで育てられたの。どうしてママが離婚したかわかる?」

「さあ……?」

「私がその人の子供じゃないって、一年しないうちにばれちゃったんだって」

美乃里は淡々と口にしたが、多田は呆気《あっけ》にとられた。

「その前につき合ってた人の子供だって。つまり、私は母親の結婚した相手も知らないし、実の父親のことも知らないわけ。赤ん坊じゃ、記憶にあるわけないでしょ?」

初対面の男にそんなことを話す美乃里に、多田はますます親近感を覚えてきた。暗い顔をして話されたら鬱陶《うっとう》しいし、せっかくの食事が不味《まず》くなるかもしれないが、美乃里の陽気さが多田の気持ちをなごやかにした。

「近くに、美味《おい》しいコーヒーを飲ませてくれるところがあるの。ご馳走してくれない？　食事の後ってコーヒーが飲みたくなるのよね」

食後の美乃里の言葉に、まだしばらくいっしょにいられると、多田はすぐに誘いを受けた。

2

美乃里に案内されるままに歩いていると、賑《にぎ》やかな通りの裏手のラブホテル街になった。

すぐ目の前を歩いていた若いカップルが手を繋《つな》いでホテルに消えたとき、多田も無性《むしょう》に美乃里を抱きたくなった。だが、美乃里に信用されていると思うと、連れ込むには迷いがあった。

「こんなところに喫茶店があるのか……？」

「えっ？　喫茶店とは言わなかったでしょ？　美味しいコーヒーを飲ませてくれるところって言ったけど。ここ。ね、オジサン、ここのコーヒー、案外、美味しいんだよ」

美乃里は若いカップルの消えたホテルのひとつ先のホテルに、多田の腕をつかんで引っ張り込んだ。

美乃里はフロントまで行くと、その横の各部屋の写真の載《の》っているボードを眺め、

「ここがいい」

すぐに一室を指した。

戸惑っていた多田だが、気づいたときは、フロントからキーを受け取っていた。

エレベーターに乗ると、喉《のど》が渇《かわ》いた。

「まさか、高校生じゃないよな……？」

「若く見られるけど、もうじき二十歳《はたち》。立派なオ・ト・ナ」

美乃里は多田の腕にぶら下がるようにして、ふふっと笑った。

部屋に入った美乃里はコートを脱ぐと、

「このブーツ、疲れるの」

多田に尻を向けて前屈《かが》みになった。

ミニスカートの裾《すそ》から、薄いストッキング越しに赤いハイレグショーツが透けて見えた。

エレベーターに乗ったときから股間が疼《うず》いていた多田は、美乃里の尻の谷間に食い込ん

でいる布地を見たとたん、鼻息が荒くなった。さらに肉茎の硬度が増した。

美乃里は目の前のベッドに腰掛けもせず、上体を屈めたまま、ブーツのファスナーを下ろしている。

このまま押し倒して抱こうかと思ったが、あまりの性急さに軽蔑《けいべつ》されてしまってはと、精いっぱい欲望を押さえた。

「ブーツ、脱がせてやろうか……」

多田は平静を装《よそお》って尋ねた。

「ひょっとして、脚フェチ？」

肩越しに振り返った美乃里が、悪戯《いたずら》っぽく笑った。

「あ……いや……脱ぎにくそうじゃないか」

「大丈夫。お風呂入れてきて」

こうなってくると、もうじき可愛い女を抱けるとワクワクすると同時に、ひょっとして援助交際のつもりではないかという疑問も頭をもたげてくる。

ここまできたからには、たとえ金をくれと言われても、そんなつもりはないから出ようという気はない。しかし、高すぎると困る。

「たいして金はないぞ」

風呂から戻ってきた多田は、ブーツを脱ぎ終えてインスタントコーヒーを入れようとしている美乃里に言った。

「二時間だったら大丈夫でしょ？」

「いくらなんだ」

「書いてあったじゃない」

「ホテル代じゃない……その……いくらほしいんだ」

「ええっ？　それって援交じゃん」

「ちがうのか……？」

「失礼しちゃう。美味しいコーヒーを飲みに来ただけじゃない。そう言ったでしょ？」

ということは、セックスなしかと、多田は急に拍子抜けした。

「コーヒーだけなら、風呂は入れないでよかったじゃないか」

「バァカ。ホテルに来てコーヒーだけ飲んで帰るつもり？」

「コーヒーを飲みに来たって言ったじゃないか」

「コーヒーだけのはずがないでしょ？」

小娘に玩《もてあそ》ばれているような気がしてきた。

「これ、まあまあ美味しいんだから」

渡されたものを飲んでみたが、インスタントコーヒーの味しかしない。

「いつもここに来てるのか」

「初めて」

「そんなわけないだろ？」

「友達にここのコーヒー美味しいって聞いたから、いちど来たかったの」

多田は美乃里の尻をひっぱたきたくなった。美乃里は嘘つきだ。しかし、それがわかっていても可愛い。世の中にはこの野郎と思っても、憎めない奴がいる。美乃里もそんな女だ。

風呂にはいっしょに入った。別々に入って財布でも抜かれて逃げられたらと、一抹《いちまつ》の不安があったからだ。

子供をふたり産んで四十路《よそじ》に入った妻と比べると、美乃里の躰《からだ》はもぎたての果実だ。尻がツンとしていて、椀《わん》形の乳房は水分が溢《あふ》れそうなほど漲《みなぎ》っている。ウェストがくびれていて、無駄な肉がまったくない。小さな乳首の淡い色が初々《ういうい》しい。

突然、キャハッと笑った美乃里は、浴槽の中で向き合っている多田の股間に手を伸ばし、いきり立っている肉茎をグイとつかんだ。

「オジサン、したいわけ？」

多田は短い声を上げて息を止めた。

「男って、興奮すると、すぐ勃《た》っちゃうもんね。バレバレ」

つかんだままクイクイと強弱をつけて刺激する美乃里に、ますます肉茎が猛《たけ》った。

多田も何とか手を伸ばし、美乃里の黒い翳《かげ》りの中に手を入れた。二枚の花びらに触れて、そのあわいに指を進め、人差し指を秘口に挿入すると、総身を硬直させた美乃里は、鼻にかかった喘《あえ》ぎを洩らした。

第一関節まで押し込んでいる指を、軽く出し入れすると、美乃里は可愛く小鼻をふくらませた。

「ツルッと入ったぞ。濡れてるな」

「入口だけじゃん……それに……んっ……お風呂に入ってるから濡れてるのは当たり前」

「お湯じゃなくて、これはヌルヌルだ」

「お湯だってば。オジサンだって、先っちょからヌルヌルが出てるくせに」

鈴口を指でいじられ、多田は我慢できなくなった。

美乃里を抱き寄せ、唇を塞《ふさ》いだ。美乃里は激しくイヤイヤをして顔を背《そむ》けた。多田は唇を諦《し》めて乳首に吸いついた。

声をあげた美乃里は反射的に胸を突き出した。小さな乳首が、口の中であっという間にしこり立った。

「だめ……あん……だめってば」

本当の拒絶ではないとわかる言葉を押し出しながら、美乃里は多田を押しのけようとした。

乳首を吸い上げたり舌でつついたりしながら、多田の指はふたたび花びらをまさぐった。さっき以上のぬめりがあった。

秘口に根元まで人差し指を押し込んだ。入口がキリキリと指を締めつけてくる。生あたたかい膣ヒダの感触に、多田の肉茎がひくついた。指を肉ヒダに沿って動かしたり、子宮頸を押したりして、全体の形や具合を確かめた。

入口付近をくすぐるようにコチョコチョやると、美乃里の喘ぎが大きくなった。指を入れたまま親指で肉のマメをまさぐると、いっそう息が荒くなった。

多田は指を出して肉茎をつかみ、秘口にあてがった。いざ挿入しようとすると、今まで喘いでいた美乃里が、さっと腰を引いた。

「だァめ」

スルリと多田の腕を抜けて浴槽から出ると、舌を出して浴室から出ていった。

多田も慌てて後を追った。

「お風呂上がりのコーヒー、飲む？　さっきとひと味ちがうと思うよ」

完全に玩《もてあそ》ばれている。多田は素っ裸でラブソファに座った美乃里の腕をつかんで、グイと引き寄せた。

「だめ！」

ここまで誘っておきながら、いつまで焦《じ》らせば気が済むんだと、多田は傍《かたわ》らのベッドまで引っ張り、押し倒した。

「しない！　しない！　絶対しないから！」

風呂で指を根元まで呑み込んだからにはバージンのはずはない。拒まれても、はい、そうですかと退《ひ》くわけにはいかない。元々、多田をこのホテルに引っ張り込んだのは美乃里のほうだ。

「絶対しない！」

「じゃあ、セックスはやめだ。ナメナメだけだ」

仰向《あおむ》けに押さえ込んでいる美乃里の下半身に躰《からだ》を移し、太腿を思いきり押し上げた。ほどよい濃さの翳《かげ》りを載せた肉の饅頭《まんじゅう》がパックリと割れて、ぬらぬらとパールピンクに輝く女の器官が現われた。

乳首の色に似て、黒ずみのない紅梅色の器官だ。元々色素が薄い体質だろうが、透明感のあるきれいな器官を眺めると、まだ男を知らないのではないかと錯覚しそうだ。

器官に見入っていた隙《すき》に、美乃里に蹴《け》られそうになった。多田はさらに太腿を押し上げて、すかさず柔肉のあわいに顔を埋めた。

ヒクッと美乃里の腰がバウンドした。

多田の鼻孔にメスの匂いが充満した。歳を重ねた女の匂いとは異なるものの、オスをクラクラさせる猥褻《わいせつ》な誘惑臭に変わりはない。

秘口から肉のマメに向かって舐め上げた。クッと喘いだ美乃里が腰を突き出した。

多田は夢中になって秘園を舐めまわした。太腿から手を放さずに、舌で肉のマメの包皮を剝《む》き上げるようにすると、美乃里の腰が激しく反応した。

真珠玉のような小さなつぼみを唇で軽く吸い上げた。

早くも絶頂の声を押し出した美乃里が、シーツから背中を浮かせて顎《あご》を突き上げた。

「ひょっとして、オナニーのしすぎでクリちゃんが鈍《にぶ》くなってたらどうしようかと思ったが、ちゃんと感じるんで安心したぞ」

顔を上げた多田の唇のまわりは、蜜のぬめりで卑猥に光っている。

いよいよ肉茎を挿入しようとすると、

「しない！」

とろんとしていたかと思った美乃里が、ひょいと躰を横にして挿入を拒んだ。

多田は内心舌打ちしたが、美乃里の可憐《かれん》でセクシーな唇を見ると、無性にフェラチオさせたくなった。

「したくないなら、口でしてもらおうか」

「いや」

「ここまで何しに来たんだ」

「コーヒー飲んでナメナメしてもらうため」

美乃里はクッと笑ってベッドから飛び下りると、裸のまま逃げ出し、浴室に入ってドアを閉めた。

すぐに多田とノブの引き合いが始まった。美乃里の裸体が擦《す》りガラス越しに透けている。

（ガキの遊び相手か……）

多田は美乃里の子供っぽさや意外な行動が愉快になった。

「開けろ。ケツをひっぱたかれたいか」

「もうおしまいだよ。私、ちゃんとイッちゃったんだからさ。バイバ～イ」

体重をかけて両手でノブを引っ張っていた美乃里だが、やがて多田の力に負けた。

「だめ！　だめっ！」

美乃里は湯船の湯を、両手で掬《すく》って必死に掛けた。多田の髪がビショビショになった。

抵抗虚《むな》しく、すぐに捕らわれ人となった美乃里は、濡れた躰のままベッドに押し倒された。

「オジサン、怖い。怖いよ。だけど、もういちどナメナメしてくれたら、オクチでしてあげてもいいけど」

観念したのか、美乃里は交換条件を出した。

今さら何を言われても、全面的に信用するわけにはいかない。クンニリングスをしてやっても、その後、フェラチオしてくれるとは限らない。かといって、最初にフェラチオさせれば、噛まれる心配も残っている。痛みを堪《こら》えている間に逃げられたら情けない。

「よし、シックスナインだ。まじめにしないと、クリを噛みちぎって食っちまうぞ」

脅《おど》しておけば、大事なものに歯を立てられる心配はないだろう。多田が下になった。顔の上のぬら光る女園は、太腿を押し上げて見たときの秘園より、いちだんと猥褻だ。

剛直が握られ、パックリと咥《くわ》え込まれ、すぐに美乃里の舌が動き出した。ぬめっとした妖しい唇と舌の感触に、多田は息を止めた。思ったより上手《うま》い。アヌスがゾクゾクする。

つい秘園を辿《たど》る舌の動きが止まってしまう。美乃里が催促するように、多田の顔にクイクイと腰を押しつけた。

ピチャピチャ、ペチョペチョと、互いの卑猥な舐め音が広がった。

「んんぐ……ぐ」

ヌルヌルをたっぷりと出している美乃里が、鼻からくぐもった声を上げる。今にも昇りつめそうな気配だ。多田は舌を動かすのをやめた。

「俺がイッてから続きをしてやるからな」

美乃里が催促の腰を振った。だが、多田は動かなかった。美乃里の舌が動きはじめた。亀頭全体を舐めまわし、鈴口に舌先を入れようとする。そうしながら、肉柱の根元をしっかりと握って、それなりにスライドさせている。

やがて多田の躰を、熱いものが駆け抜けていった。

3

ホテルを出ると、暖まっていた躰も、すぐに冷えてきた。コートの中でブルッと躰が縮んだ。

「またお腹空いちゃったみたい。ホカホカの肉まん食べたい！　あ、コンビニがある。オジサンも食べる？　ふたつ買ってよ」

美乃里が店に入った。

レジで金を払うと、美乃里は多田の腕を取った。店員に対して気恥ずかしさを覚えたが、多田はそのまま店を出た。ちょうどそのとき、女がやって来るところだった。

「ママ……」

「あら、どうしてこんな所にいるの？」

女が美乃里の母親とわかり、多田はギョッとした。

女は美乃里から多田へと視線を向けた。

多田は美乃里の腕を解《ほど》き、息を呑むようにして女を見つめた。どこかで会ったことがあるような気がした。

「ねえ、もしかして多田さんじゃないの？」

「誰だったかな……？」

「綾瀬牧子《あやせまきこ》よ。忘れたなんて言わせないから」

そう言われた多田は、大学を卒業して就職し、会社の先輩に連れて行かれたバーで知り合い、こっそりと一年ほどつき合った女だと気づいて、動悸がした。遠い昔のことだ。牧子はそれだけ歳を重ね、髪型も変わっている。

「こんなところで三人で会ったのも、きっと神様の引き合わせね。話があるわ」

「ママの知り合いとは知らなかったわ……私、先に帰る」

美乃里は多田から離れようとした。

「だめよ。この人は美乃里と深い関係がある人なんだから」

「深い関係になんかなってないぞ」

クンニリングスやフェラチオはしたが、とうとうセックスはしなかった。牧子に勘ぐられていると思った多田は慌《あわ》てた。

「なに言ってるの？　まさか……娘に変なことしたりしてないでしょうね……美乃里はまだ十七なんだから」

「十七……？　そんな……もうじき二十歳と聞いたぞ」

美乃里が肩を竦《すく》めた。

どうやら未成年のようだ。多田はセックスしないでよかったと、冷や汗を掻《か》いた。

かつて夢中になった女と再会したとはいえ、その娘ともホテルに行ってしまい、バツが悪い。心残りはあるが、一刻も早くふたりから離れなければならない。

「ともかく、娘とあなたは深い関係があるの。話を聞いて」

「関係あるったって、実《じつ》のパパとかいうY・Tさんとかじゃあるまいし。私、帰るから」

美乃里のさりげない言葉に、多田は喉を鳴らした。

「この人、多田雄一っていうのよ」

「え？　それって……Y・Tじゃん」

驚いている美乃里に、多田はどうなっているんだと混乱した。

喫茶店で牧子に、美乃里はあなたの子供なの、と再度言われたが、多田はそんなはずはないと否定した。

「娘と腕を組んだりしてたけど、本当に変なホテルに入ったりしていないでしょうね？　十七歳の娘とホテルに入るなんて犯罪よ。しかも、実の娘となると……」

「バカなことを言うな……」

「じゃあ、信じていいのね？」

多田はすぐさま頷いた。

「あなたを探そうと思ってたの。この娘を女手ひとつで育てるのは大変だったんだから」

美乃里に夕食を奢《おご》ったとき、だいたいのことは聞いている。母親は誰かと結婚したが、美乃里がその男の子ではないとわかり、離婚されたということだった。しかし、美乃里がどうして自分の子なのだと、多田は現実的でない、あまりの偶然に、混乱するばかりだ。

悪い夢を見ているのだと思った。美乃里の口戯で射精した瞬間に覚《さ》めればよかったのに、などとまで考えた。

「社会人になったばかりのあなたに誘われてそういう関係になって、私はあなたと結婚したかったけど、企業のエリートとバーの女は不釣り合いだって言われて、どう頑張っても結婚なんかしてくれないとわかって……」

牧子が恨みがましく言った。

「待ってくれ。捨てられたのは俺のほうだ。俺ときみが不釣り合いだなんて言った覚えはないぞ。急に別れてくれって言うから、どうしてだと訊いたら、きみといっしょになれないなら自殺するという男がいて、まあいい人だし、そんなに惚れてくれるのなら結婚するしかないと思ったからということだったじゃないか。だんだん思い出してきたぞ」

多田はナイスボディのふたつ年上の牧子に夢中だった。牧子のアソコの具合は良かったし、口戯もそれまでにつき合ったどの女よりうまかった。

生真面目《きまじめ》な両親は牧子との結婚に反対するだろうと想像できたが、当時の多田にとっては、牧子がこの世で最高の女だった。牧子の躰を一生、自分のものにできるなら、親さえ捨てようと思った。

「俺は別れたくなかったんだ」

「嘘。十七年前のことだから忘れてるのよ。男っていいかげんだから、勝手にそういうふうに考えて、いつしかそれが真実だと思い込んでしまうのよ。私の苦労も知らないで」

牧子はハンカチで目頭《めがしら》を押さえて鼻をすすった。

「オジサン、私のパパなんだ……」

美乃里が、ハアッと溜息をついた。

「待て。ちがう。そんなはずはない。ちゃんと妊娠しないようにしてたはずだし」

そう簡単に父親にされてはたまらない。

「男はコンドームすると感覚が百倍ちがうって嫌うのよ。あなただって、安全日かもしれないという私の言葉でつけなかったこともあるわ」

そう言われれば、返す言葉もない。

「他の男の子かもしれないだろう？　俺とは似てないと思わないか？」

セックスはしてないとはいえ、シックスナインなどしてしまった美乃里だけに、娘であるはずがないと思いたい。娘なら、これ以上の悪夢はない。

「酷《ひど》いことを言うわね……あのころ、あなた以外の人とはつき合わなかったわ。それから結婚して浮気もしなかったのに、どうして他の人の子供が産まれるの？　産んだ私がいちばんよくわかるわ」

ハンカチで顔を隠して鼻をすすっている牧子を眺めていると、本当かもしれないと思えてきた。

「だけど……信じられない……どうして今さら……」

「ずっとひとりで頑張ってきたのよ。だけど、疲れてきたから、あなたを探して養育費を工面《くめん》してもらおうかとか、これからこの子のことを面倒見てもらいたいと考えるようになっていた矢先だったの。ねえ、美乃里……」

「まあね……私、大学に行きたいんだ。だけど、経済状態がね……だから、ママが、パパを探して大学の学費を援助してもらおうかって言うようになってたんだ」

「きょう、仕事に行ったら、不景気だからって、突然、パート先を解雇されたの。途方に暮れたわ。ラブホテルの求人広告を見て、勤めてみようかしらとあそこを歩いてたら、偶然あなたに会ったってわけ。神様が引き合わせてくれたんだわ」

多田にはすでに妻と小学生の子供がふたりいる。これから金がかかる。マンションのローンも残っている。

養育費、大学の学費の援助、パート解雇などという言葉が牧子と美乃里の口から次々と出てくると、多田は目の前が真っ暗になった。

「私、泣く泣くあなたと別れたけど、あなたの子供だけは産みたかったの。だから、私と結婚できないなら自殺するって言ったその人と、慌てていっしょになって、何とか早産だと言って、騙《だま》して産んだつもりだったけど、俺にぜんぜん似てないって言われるようになって、こっそりDNA鑑定されて離婚よ。結局、薄情な男だったのね。それから苦労したわ。こんな不景気だから、次の仕事もすぐには見つからないかも……」

重苦しい沈黙に包まれた。

「ねえ、この子を養女にしてくれない？　いいネクタイだわ。コートもカシミアじゃないかもしれないけど、上等みたい。ひとりぐらい子供が増えたって生活できるでしょう？」

沈黙に耐えきれずにグラスの水を飲んでいた多田は、激しく噎《む》せた。

「困る。いや、大変なのはわかった。だけど、女房が受け入れるはずがないじゃないか。俺だって、まだこの子が自分の子だと言われても、信じられないような状態なんだ。女房に知られたら、家は崩壊だ」

「じゃあ、自分の娘が行きたい大学にも行けず、いいえ、高校だって中退になるかもしれないのに、平気だって言うのね」

「いや、そうじゃない。少しだけ時間をくれ」

ふたりのことより、まず混乱している自分の気持ちを整理しなければならない。

「私達の生活は待ったなしなのよ……きょうは少しでいいから工面してちょうだい」

給料が出た後で、財布にはまだ金が入っている。美乃里との夕食と、二時間休息のホテル代を合わせても一万円ほどしか使っていない。美乃里は言葉どおり援助交際するつもりはなかったらしく、金も請求しなかった。

多田は財布を出して、五万円渡した。これから一カ月が侘《わび》しくなる。

「これだけ？　もう課長さんどころか、部長さんぐらいになってるんじゃないの？　お給料、いいんでしょう？」

「うちの会社だって、この不景気で大変なんだ。だいぶリストラされてるしな」

「また来週にでも、会社に顔を出していい？」

五万円受け取った牧子の言葉に、多田は困惑した。

「あなたを探すにしても、海外に赴任でもしてたらどうしようと思ったけど、ここにいるってことは、東京本社にいるってことよね。受付に行けば、いつでも呼んでくれるのかしら」

牧子が会社に訪ねてくるかもしれないと思うと、楽天主義のつもりだった多田も焦《あせ》った。

「会社はまずい。仕事が忙しいんだ」

「じゃあ、ともかく、今の名刺をちょうだい。電話ならいいでしょう？　電話も、自宅より会社のほうがいいわね。でも、自宅の番号も教えて」

「名刺はちょうど切らしてるところなんだ。家より携帯の番号のほうがいいだろう？　掛けるなら、正午から夜の十時ごろまでにしてくれ。夜中は切ってる」

やむなく、いちばん安全だと思える携帯の番号をメモして渡した。名刺など渡せない。家に電話などかけられたら取り返しがつかなくなる。

「美乃里のこと、どうしても疑いが晴れないなら、いつでも検査していいのよ。間違いなくあなたの子だってわかるはずだから。でも、検査するなら、奥様にもいっしょに来てもらうわ。奥様に、養女にしてくれないかってことも話したいし。でも、検査で親子ってわかったら、養女じゃなく、実子になるのかしら。私といるより、経済的にしっかりしてるあなたと暮らすほうが幸せになってくれると思うから」

「パパ……変な出会いだったね。嬉しいけど、迷惑だった？　私、パパのこと、大好き。いい人だってわかるし」

美乃里の言葉に、多田は複雑な笑みを浮かべた。

4

携帯で美乃里に呼び出された多田は、仕事が終わると、一昨日《おととい》、牧子と三人で話した喫茶店に入った。

「あのこと、言ってないだろうな……」

「あのことって……？」

「ホテルに入ったってことだ」

たった今も不安は山ほどある。その中でも、美乃里とホテルに入ったことだけは牧子に知られたくなかった。

「ふふ、言ってない。追及されたけど、誘ったら、説教されたってことにしといたから」

最初から我が子とわかっていれば、ホテルに入ったりしなかった。小説のようなことが我が身に起こったことで、多田は悪夢ではなく、悪夢のような現実が永遠に続くのだと、朝起きたときからベッドに入るまで、これからのことばかり考えていた。

今朝は妻から、躰の具合でも悪いんじゃないの？　と訊かれ、慌てて否定した。会社ではボッとしていたのか、上司に、熱でもあるんじゃないかと言われた。美乃里と牧子のことで頭が一杯で、いくら冷静になろうと思っても、沈着ではいられない。

しかし、いくら悪夢のような現実とはいえ、美乃里は可愛い。他人だったらまたベッドインしたいところだ。だが、自分の血が半分流れている娘だ。セックスをしなかったことが、今では唯一の救いに思えた。

「ね、もっと美味しいコーヒー飲みに行こうよ」

「ここのコーヒーでいいじゃないか。授業料は払ったんだろうな？」

多田の子供はふたりとも息子なので、娘となると、別の愛《いと》しさが湧いてくる。ポケットには美乃里に渡そうと思っている二十万円が入っている。急の呼び出しだったので、それだけしか都合がつかなかった。これからいくらかかるかわからないが、薄情に突き放すことはできない。

「制服はどうした？　まさか、学校に行ってないんじゃないだろうな？　こないだも私服だったぞ。ピアスはまずいんじゃないか？」

「着替えてきた。大学に行きたいのに、授業をさぼるわけないじゃん。ピアスなんて、いまどき、みんなしてるよ。ね、こないだのところに、美味しいコーヒー飲みに行こうよ」

美乃里が立ち上がった。

「まさか、ホテルに行こうって言うんじゃないだろうな」

「その、まさか。行こうよ。あったかいお風呂入って、あったまろうよ」

怒るより先に唖然とした。しかし、なぜか心臓がドクドクと鳴った。

「バカなことというな……」

「私、ちっちゃいころ、パパとお風呂に入った記憶がないもん。パパの家に行って、いっしょにお風呂に入るわけにはいかないし」

セックスを連想していた多田は、そういうことかと、自分の思い込みに冷や汗を掻き、美乃里の気持ちがいじらしくなった。だが、ラブホテルに行くわけにはいかない。

「せめて小学生ならいっしょに風呂もいいが、十七じゃなあ……」

「もう私の裸、全部見たくせに。アソコだってナメナメしたくせに」

多田はシッと唇に人差し指を当て、慌ててあたりを見まわした。

「ホテルに行かないなら、援交したってママに言うから。それに、これから、ほんとに誰かと援交するから。あたし、パパの愛情に飢えてるんだ。最近の若い男は頼りないし、彼氏つくったってしょうがないし、オジサンを探すから」

美乃里は一歩も引かなかった。

5

「ねえ、背中洗って。わっ、くすぐったい。今度はオッパイ」

クルリと正面を向かれ、ふくらんだ椀形の乳房を見せつけられた多田はクラクラした。俺はいったい何をしているのだと、平静ではいられない。

「ちゃんと洗ってよォ。今度はパパ、洗ってあげようか」

「いい……」

「遠慮しなくていいって」

スポンジを取り上げた美乃里は、多田の胸を擦《こす》った。そうしながら、片手で股間のものを握った。多田は、うっ、と声を上げた。

「どうしておっきくなるわけ?」

美乃里は反り返った肉茎をつかんでスライドさせたあと、クッと笑いながら玉袋を揉みしだいた。

「やめろ」

多田は美乃里の手を退《ど》けた。娘でないなら続けてもらいたいが、まだ最後の理性が働いている。だが、肉茎は正直に反応してしまう。

「気持ちいいくせに」

美乃里はまた股間に手を伸ばした。

「やめろ。おまえの好きなコーヒーを飲んだら帰るぞ」

美乃里はふくれっ面《つら》をして浴室を出ていった。

この悪夢から覚めることができたらと思っているつもりが、美乃里とこれっきり会えなくなったらどうしようと不安になった。

多田が浴室を出ると、ベッドに横になっていた美乃里は、くふっと笑って脚《あし》をひらいた。そして、肉の饅頭を人差し指と中指で大きくくつろげた。パールピンクの女の器官が破廉恥《はれんち》に晒《さら》されて、多田の股間を直撃した。

「やめろ。服を着ろ。帰るぞ。これは少ししかないが、急だったから用意できなかったんだ」

強力なピンクの磁場に吸いつけられそうになるが、辛《かろ》うじて目を離し、嫌われていないことに安堵《あんど》しながら、多田は現金の入った封筒をベッドに置いた。

「いくら？」

「きょうは二十万だけだ。すまん。大学に行きたいなら、何とかしてやりたいと思ってる。だけど、そのためには、合格するように勉強することだ。こんなとこで無駄な時間を費《つい》やしてたんじゃ、落ちるぞ」

「学費、出してくれるわけ?」

Vにくつろげられている美乃里の指が女園から離れ、多田はホッとすると同時に残念な気がした。

「何とかしたい」

「奥さんにないしょで?」

「ああ……だけど、俺は金持ちじゃないんだ。おまえも少しアルバイトしながら通ってくれると助かる。女房に内緒で金の工面をするのは難しいが、何とかしないとな」

全額となると、間違いなく家庭崩壊だ。

「ありがとう、パパ。美乃里、大感激。だけど、せっかくだから、アレ、して」

「うん?」

「ナメナメ」

「バカ言うな……服を着ろ」

娘の言葉にオスとして反応してしまうのが情けなかった。

「してくれないなら、ここを出てから援交するから。友達なんか、援交で変な病気移されて大変だったんだ。子供ができて堕《お》ろした友達も何人かいるし、私もそうなったらどうする?」

「おまえがそんなことをするはずがない」

一昨日、金を請求するどころか、いくらだと訊いた多田に、完全に援助交際を否定した美乃里だ。

「私がバージンじゃないのはわかってるでしょ? いちど気持ちいいこと覚えると、モヤモヤしてくるんだ。オジサン達に声かけると、ご飯食べられるし、ホテル代はいらないし、欲求不満も解消できるもんね。こないだみたいに、お金はとらないけどさ」

そういうことをしている美乃里を想像すると、多田は怒りと切なさでたまらなくなった。

「パパが気持ちいいことしてくれるなら、他の人とはしないって約束するから」

「そんなこと……できるか」

口先ではそう言いながら、多田は美乃里の肉体に魅了されていた。

「とっくにしたくせに。私のオクチでイッたくせに」

躰を起こした美乃里が多田の手をつかみ、ベッドに引っ張り込んだ。うつぶせに倒れ込んだ多田の股間に手を押し込んだ美乃里は、硬くなっている肉茎を握った。

「ほら、やっぱり、こんなになってるじゃん」

「やめろ」

美乃里の手を退けようと躰を横にしたとき、剛棒はやわやわとした唇に捕らえられていた。

スッポンのように肉茎に食らいついた美乃里は、そこから離れず、少しずつ回転しながら、仰向けになった多田の胸に躰を乗せた。

今、多田の顔の上には美乃里の器官があった。多田のものを咥えたまま、美乃里はクンニリングスをしてもらう体勢をつくっている。多田が若いメスの匂いに窒息しそうになっていると、美乃里は腰を振って催促した。

(娘にクンニなんかできるか……だけど、たまらん匂いだ……他の男と変なことになるよりいいか……いや……だめだ)

多田は必死に理性と闘った。だが、美乃里が言うように、すでに互いの口で慰め合っているだけに、オスを誘惑する匂いを鼻の前で撒《ま》き散らされると、娘ではなく、女としか思えなくなってきた。

荒い息を鼻からこぼしながら、多田は美乃里の器官を舐め上げた。あとは夢中になってヌルヌルした女園を舐めまわした。美乃里の舌や唇も、多田のものを舐めまわしている。

「ああ……いい……そこ……そこがいい……もうすぐ……くっ！」

絶頂を迎えた美乃里の総身が激しい痙攣《けいれん》を繰り返した。

6

美乃里は封筒をテーブルに放った。

「会いたいって言ったら、これだけくれた」

「誰が？」

牧子はすぐに封筒に手を伸ばした。

「一昨日のオジサン」

「どの男かと思ったら、多田ちゃんか。軽いんじゃない？　次はまとまったお金を用意してくれるのかしら。まあ、呼び出しただけで、翌々日にこれだけ黙ってくれたんなら、もう少し出しそうね」

牧子は一万円札を数えながら唇をゆるめた。

「しかし、男ってバカだね」

数え終わった牧子がプッと吹き出した。

「我が子がどこかで育ってたってことを、すぐに信じてくれるんだから」

「バカばかりとは限らないし、頭が冷えたら、逆襲してくるかもよ。最初はみんなびっくりするけど、最後まで騙《だま》せなかった男のほうが多いんだし」

美乃里は浮かぬ顔をした。

「それでも金蔓《かねづる》になることがあるんだから、まともな男を見つけたら、ひとりでもたくさん唾《つば》つけとかなくちゃだめよ。後々のために、名刺は絶対もらっとかなくちゃ。女を騙してる男が多いんだから、男を騙す女もいないと、世の中、平等じゃないわ。美乃里の父親だって、ろくに働かないで私の稼ぎを当てにしてたんだから、まったく男ってどうしようもないんだから。その次の男だって」

牧子は美乃里相手に、いつもの愚痴をこぼしはじめた。

「あのオジサンといっしょになってたら、ちゃんと働いてくれたと思うよ」

「あのオジサンって多田ちゃんのこと? 冗談じゃないわよ。あんな男と暮らしたら、一週間で退屈するわ」

「一年ぐらいつき合ったって言ったじゃない」

「他にも同時に何人かの男とつき合ってたから、何とか持ったの。そうだ、また海外旅行にでも行こうか。だいぶ貯《た》まったし」

牧子は男から巻き上げた箪笥《たんす》預金を出してくると、満面の笑みを浮かべて数えはじめた。

美乃里は物心ついたときから牧子に言われるまま、見知らぬ男達の娘を演じ、養育費や慰謝料をだいぶせしめてきた。いつもうまくいったわけではないが、牧子はそれを副業と言ってはばからない。

牧子はメモ魔で、手帳には男達と会った日にちやホテル名が書き込んである。ほとんどの年月を水商売をしてきたので、名刺ももらいやすかった。名刺の裏には、男と会った日や印象や癖などが書き込んである。

多田の名刺がひょっこり出てきたのは、暮れの大掃除のときだった。忘れかけていた記憶が甦《よみがえ》り、牧子はさっそく新しいカモにしようと、身辺調査を頼んだ。

多田が東京の本社にいるのはラッキーだった。県外ぐらいならいいが、海外にいる男には手を出しにくい。

「旅行、行きたくないの？」

「旅行もいいけど、ママと私で小さなお店でも持って、堂々と男を騙《だま》したほうが儲かると思ってるんだ」

「飲み代ぐらいじゃ、一度に五十万や百万は稼げないわ」

「そうかな？　ひとりから一万円取ったとして、二、三日で簡単に五十万ぐらいになると思うけど。ツマミなんか適当でいいし、後は私達の騙し方しだいだし」

「この不景気なときに、計算どおりにはいかないって。男達は安い居酒屋で千円二千円しか使わなくなってる時代なんだから」

「でも、私、お店のママになりたい。小さいときから、男を騙す方法はママに教えてもらってるし。頭金ぐらいあるでしょう？」

「経営者ってのは苦労するの。適当に雇われてるほうが、イザというときの責任はないし、気楽でいいって」

「でも、お店を持とうよ。十代と言って騙すのは限界だからね。いくら私が小柄だからって、せいぜい二十歳ぐらいまでにして」

牧子が多田とつき合っていたとき、離婚はしていたが、美乃里はとうに産まれていた。だが、牧子は両親と住んでいるからと言って、男達を決してマンションには入れなかった。当時、まだ健在だった牧子の母が、留守中は美乃里の面倒を見ていた。そういうわけで、ほとんどの男は牧子が独身だと信じていた。

「よくあのオジサン、十七歳って信じてくれたよ」

「男ってバカだから。でも、それが可愛いんだけど」

「バカだ、可愛いと言いながら、結局、ママって、ろくな男には当たらないんだから。そして文句言って、私に愚痴るんだから。それに、ママとエッチした男も、もうあんまりいないでしょ？　昔の男の数にも限界ってものがあるんだし」

「私は四十三よ。まだ三十代にしか見られないんだし、これからつき合う男には、子供ができたらしいって言えば、いくらか取れるわ」

「産めって言われたらどうするの？」

「お黙り。これがほしくないの？」

牧子は札束を美乃里の頬に擦りつけた。

7

「きょうはホテルには行かないぞ」

行けば誘惑に負ける。多田はきっぱりと美乃里に言った。

「凄く大事な話があるから、ふたりになりたいんだ」

「話なら、ここでもいいだろう？」

美乃里の裸身を見たくてたまらないが、父娘となればそうはいかない。わざと素っ気なく返した。

「そんなこと言うなら、奥さんに電話掛けちゃうよ。ええと、名前は悠子《ゆうこ》で」

美乃里は手帳を開いて、多田の自宅の番号を口にした。

「どうして……」

「そんなのすぐにわかるよ。会社に尋ねてもいいんだし」

「会社に掛けたのか……」

「掛けてない。心配しないでいいよ。でも、自宅の住所だってわかってるんだから、言うこと聞いたほうがいいんじゃない？」

多田はやむなくホテルに入った。だが、困惑と同時に、心の浮き立っている自分がいるのにも気づいていた。それに水を差す父親としての自分もいて、複雑な感情が行き来していた。

「服、脱がせて」

「ダメだ。話を聞いたら出るからな」

「話は後でする」

「ダメだ」

「じゃあ、ふたりでホテルにいるって、今から奥さんに電話するから。娘だって言うから」

多田は受話器の前に立ちはだかった。

「バァカ。これがあるもん」

美乃里はコートのポケットから出した携帯を突き出して見せると、トイレに逃げ込んだ。

「えーと、三×九六のォ四五……」

中から声がした。

「おい、やめろ！　わかった。電話はするな」

多田は焦《あせ》った。

勝利者の顔をして出てきた美乃里を捕まえた多田は、コートを尻まで捲り上げ、これまでにない厳しい顔をして尻をひっぱたいた。

「ヒッ！」

「俺がどんなにおまえのことを考えてるのか、わからないのか！　何とか金の工面もしないといけない。女房や子供に知られると困る。あれから、どうしたらいいかと、一生懸命考えてるんだぞ！　それをおまえときたら、父親を脅迫するつもりか！」

ほっぺたでもひっぱたいてやりたかったが、女の顔を殴るのは最低だと、ベッドに押さえつけて尻をひっぱたいた。ミニスカートの裾から、ストッキング越しにハイレグショーツが見えた。

怒りは徐々に収まっていき、またしても多田は妖しく昂《たかぶ》ってきた。これ以上欲情してはいけない。打擲《ちょうちゃく》の手を止めた。

「謝るなら許してやる」

「お尻をぶたれると、変な気持ちになるみたい。もしかして、濡れちゃってるかも。私、ヘンタイかな」

振り向いた美乃里は、まったくこたえていないというように、くふっと笑った。

「お風呂、入れてくるね」

立ち上がった美乃里は、多田の目の前でコートを脱ぎ捨てた。そのとき、四角いものが落ちた。美乃里はそれに気づかず、浴室に消えた。

拾ってみると運転免許証だ。美乃里の写真と生年月日を見た多田は、唖然《あぜん》とした。

戻ってきた美乃里は、多田の手にある免許証を慌てて奪い取った。

「十七歳で免許証があるはずないよな？　二十一じゃないか。しかも来月には二十二だ」

「バレちゃったか」

さして罪悪感もないようで、美乃里はチロッと舌を出して笑った。

「俺の子じゃないのか……」

「そう。お金に困ってたママが、オジサンを騙そうって言うもんだから、オジサンのことがわかってて、声かけたんだ」

「コンビニで母親と出くわしたのは……？」

「打ち合わせどおり。ごめんね」

また美乃里が舌を出した。

いま思い返しても偶然としか思えない。それほど牧子と美乃里は息が合っていた。

「俺がおまえのママとつき合ってたとき、おまえはとうに産まれてたってわけか……」

怒っていいのか笑っていいのか、とっさに判断がつかなかった。多田の全身から力が抜けていった。ベッドに仰向けになり、大の字になって天井を見つめた。

美乃里が娘ではないとわかって助かったという気持ちはあるが、気抜けした。息子しかいないだけに、男親からすると、娘がいるというだけで甘やかな感じがした。その娘のために、妻子を騙し続けて何とかしたいと思っていたのだ。

多田の複雑な心境などどこ吹く風というように、美乃里は多田のベルトを外し、ズボンをずり下げた。

「あらあ、縮んじゃってる」

肉茎を握られ、咥えられ、口の中でこねくりまわされるまで、時間はかからなかった。

「やめろ！」

いちおう拒絶の言葉を吐いたが、本気で避けようという気はない。

初対面の日に父親と言われ、信じた後で、今また急に父親ではないと言われて混乱しているが、免許証を見て娘ではないという確信が得られ、しかも、未成年者ではないということになると、これまで押さえ込んでいたオスの獣欲が解き放たれていく。それでも、実の娘が急に他人になったからといって、すぐに気持ちを切り替えられるはずがない。

「くふっ。元気になったみたい」

顔を上げた美乃里は服を脱ぎ捨て、多田の鼻頭をペロリと舐めた。

「怒って嫌いになったりしないでね。なんだかオジサンといると、すっごくホッとするんだ。お尻ペンペンも好きになりそう。こんなこと初めて。どうしてかな。だから、私、オジサンの愛人になることにしたから」

愛人という意外な言葉に、多田の全身から汗が噴き出した。

多田を跨《また》いで剛棒を握った美乃里は、それを秘口に当て、一気に体重をかけた。

「ああっ……いいっ」

じっと仰向けになっていただけで合体された多田は、自分のものを呑み込んでいく締まりのいい肉ヒダの感触に、髪の毛の先まで疼《うず》くような気がした。

「パパの愛人になったってこと、ママにはないしょよ」

美乃里は勝手に愛人になったつもりでいる。牧子の手前、後ろめたさはあるが、ほんのひとときでも娘と信じた女だ。愛しくてならない。しかし、これは本当に現実だろうか。今度は、夢なら覚めるな、と思った。

「私の髪の毛をこっそり鑑定に出されていたとでも言えば、ママもこれ以上騙せないと諦めるわ。みんながみんな成功してるわけじゃないから、諦めも早いの。面倒なことになると困るし」

「みんなって……他の男も騙したのか」

「数え切れないほど。私はママが嫌いじゃないけど、尻軽女なんだ。すぐに相手が変わるし、私も呆れてるの。平気で二股かけちゃうしね。二股はまだいい方よ」

牧子の躰は素晴らしかった。次々と男ができてもおかしくない。しかし、独身と信じていた牧子に、あのとき、すでに美乃里という子供がいたと思うと、騙されたことが口惜しい。だが、牧子に一度ならず、二度も騙されたおかげで、ここに美乃里といることができるのだ。

「オジサンのナメナメは最高に気に入ってるんだ。他の人と微妙にちがうし、むりやりセックスしなかったし、やさしいしね。ここまで来て、強引にエッチしなかったのはオジサンだけ。だから凄く気に入ったんだ。でも、これからはいっぱいしようね。ほら、オチンチンもぴったり」

美乃里が腰をくねらせた。我慢できずに多田は下から突き上げた。顎を突き出した美乃里の乳房がポワポワと揺れた。そのふくらみを両手でつかんだ多田は、腰を揺すり上げた。

セックスを楽しむために父娘の関係を解消しようと、故意に美乃里が免許証を落としたことに気づくはずもなく、多田は若々しい女の締まりのいい肉ヒダの感触に痺《しび》れた。愛人ができた喜びを実感した。

美乃里は、多田の口戯や指遣いだけでなく、柔肉にスッポリとはまった剛棒の具合のよさに、これほど自分と相性のいい相手はいないとあらためて確信し、逃がさないようにしなければと思った。だが、金持ちではなさそうなので、店を出してもらう男は別にゲットしなければならない。牧子に店を出す気がないのがわかって落胆した美乃里は、自分で店を出そうと決意して親離れ宣言し、闘志を燃やしていた。

「ああ、気持ちいいっ……」

「もう他の男とはするなよ。なっ？」

「うん、約束する。もっと……そこ」

甘い声を出す美乃里を、多田は渾身の力を込めて突き上げた。

青い憧憬《しょうけい》

牧村 僚

著者・牧村《まきむら》 僚《りょう》

昭和三十一年、東京生まれ。筑波大学を卒業後、芸能プロダクション勤務などを経てライターに。平成三年より官能小説の執筆開始。年上の女性にあこがれる少年の心理を描いた作品を得意とする。新刊に『フーゾク探偵《デカ》』(祥伝社文庫刊)。

1

「ねえ、圭介《けいすけ》。きょうもうちに寄っていくんでしょう?」

「えっ? う、うん……」

学校からの帰り道でクラスメートの星野実香《ほしのみか》にささやかれ、仲村《なかむら》圭介は思わず周囲を見まわした。二人の関係を、だれかほかの生徒に感づかれるわけにはいかない。

「大丈夫よ、そんなに神経質にならなくたって。こっちへ帰ってくる生徒は少ないもの」

「だけど、万一ってことがあるからね」

「バレたらバレたでいいじゃないの。私はかまわないわよ。圭介とうわさになっても」

「うわさですめばいいけど、もしうちのオフクロやおばさんの耳に入ったら……」

「何を言ってるのよ。私たちは幼なじみじゃないの。お互いの家に遊びに行ってもぜんぜん不自然じゃないわ。だいいち、ママにはバレっこないわよ。このごろはテニスに夢中で、家にいたことなんてないんだから」

言いながら、実香はさりげなく圭介の手を握ってきた。その手のひらの柔らかさを感じただけで、圭介は呼吸が荒くなるのを抑えられなかった。股間に血液が集まり、急激にペニスが硬くなってくる。

圭介と実香は、幼稚園から中学三年になった現在まで、ずっと仲良くすごしてきた。中学に入るころからは、互いを異性として意識するようにもなった。まだ体を交えるまでには至っていないが、半年ほど前から、圭介は週に二、三度、実香に硬直を握ってもらって射精するようになっている。

もうしばらくはバージンでいたいが、オナニーぐらいは手伝ってもいい……と、実香のほうから提案してきたのである。

「圭介、まさかほかの女の子とおかしな関係になってるんじゃないでしょうね」

握った手に力をこめ、実香がにらみつけてきた。圭介はあわてて首を横に振る。

「そんなわけないだろう？　どうしてそんなこと聞くんだよ」

「だって、クラスには理沙《りさ》とか真弓《まゆみ》とか、もう経験ずみの子がいっぱいいるんだもの。圭介はモテるから心配なのよ。本番をやらせてくれるって言われて、断わる男の子なんていないでしょう？　理沙なんか、けっこう圭介に気があるみたいだし……」

「バカだなあ、実香は。ぼくだって実香と同じで、まだセックスをしたいとまでは思ってないよ。オナニーでも充分なのに、実香に握って出してもらってるんだぜ。これ以上を望むのは贅沢《ぜいたく》ってもんさ」

「わあ、うれしい！」

実香ははしゃいだ声をあげ、圭介の頬にチュッとキスをした。

「よ、よせよ、実香。こんなところで」

「いいじゃないの、このぐらいしたって。きょうからはもう少しだけ、エッチなことしてあげちゃおうかな」

「エッチなこと？」

きょとんとして尋ねる圭介に、実香は思わせぶりにほほえんでみせた。色白のうりざね顔に、ショートカットの黒髪がよく似合っている。

「いつも手で出してあげるだけじゃ、圭介だってつまらないでしょう？　そろそろお口でしてあげてもいいかなって、前から思ってたのよ」

「口で？　つ、つまり、フェラチオか？」

わずかに頬を赤らめながらうなずく実香を見て、圭介は肉棒がいっそう硬くなるのを感じた。ぼかしは入っているものの、アダルトビデオで女優が躊躇《ちゅうちょ》なく男優のペニスを口に含むのを見て、圭介はフェラチオという行為に強いあこがれを抱いていたのである。

「初めてだから、うまくできるかどうか自信ないけど、いつか圭介にしてあげるつもりで、それなりに練習はしてたのよ。バナナとかをくわえたりして」

「バ、バナナ……」

実香の朱唇が肉棒を包み込んだ光景が目に浮かび、圭介はいまにも射精してしまいそうな興奮を覚えた。できればこの場で実香を抱きしめたいという衝動にかられる。

期待のせいで自然に足が速まり、間もなく二人は実香の家に着いた。実香がカギを出して玄関を開けようとしていると、突然、内側からドアが開いた。実香の母親の志津子《しづこ》が飛び出してくる。

「あら、ボク、いらっしゃい」

「あっ、おばさん。ど、どうも……」

満面に笑みを浮かべる志津子を、圭介はぽうっとなって見つめてしまった。実香と同じタイプのうりざね顔だが、娘よりやや肉厚の唇からは、成熟した女の色香がむんむんとただよってくるようだった。肩に垂らしたセミロングの黒髪も、圭介の目には妙になまめかしく映《うつ》る。

これからテニスをしに出かけるところらしく、志津子は超ミニのウエアをまとっていた。淡いピンク色をしたウエアの裾《すそ》からは、むっちりした白いふとももが大胆に露出している。

「ママったら、いいかげん『ボク』なんて呼び方はやめなさいよ。圭介だってもう十五歳になったんだから」

「いいじゃない、昔からそう呼んできたんだもの。ねえ、ボク」

「は、はあ……」

照れくさそうに答えながらも、圭介は志津子の体から目を離すことができなかった。実香にペニスを握ってもらえるようになり、自分でしていたときよりは数段上の快感を得ている圭介だが、実を言えばずっと以前から、彼は志津子にあこがれていたのである。

十五歳の実香も、それなりに魅力的な体にはなってきた。しかし、たっぷり熟れた志津子の肉体美にはかなうべくもなかった。一人でオナニーをする際、圭介はほとんど志津子の体を想像している。実香に握ってもらっているときでさえ、脳裏には志津子の姿が浮かんでいる場合が多いのである。

「それにしても、きょうはずいぶん遅いじゃないの、ママ。遅刻なんじゃない？」

「ウエアをどれにしようか迷ってるうちに、こんな時間になっちゃったのよ。とにかく行ってくるわ。ボク、また今度ね」

「は、はい……」

テニスウエアのまま、マウンテンバイクにまたがって颯爽《さっそう》と走り去っていく志津子を、圭介はうっとりと見送った。実香に刺激されて勃起していたペニスが、いちだんと硬度を増してズボンの前を突きあげてくる。

「ちょっと、何を見てるのよ、圭介。早くあがりましょう」

「えっ？　あ、ああ……」

実香にうながされ、圭介はようやく玄関に入った。靴を脱いでいる間に、実香はさっさと二階にある自分の部屋へ向かった。あとを追って、圭介も階段をのぼる。

ウエストのところで調節して、実香は制服のスカートを極端に短くしているため、下にいる圭介には内部が丸見えだった。量感を持ちはじめたふとももの付け根に、ピンクのパンティーがすっかりのぞいている。

そんな刺激的なシーンを目撃しても、圭介はまだ志津子のことを考えていた。あらわになっていた白いふとももを思い出すだけで、イチモツはさらにいきり立ってくる。

（実香もいい女になってきた。でも、おばさんに比べたら、まだまだ子供だ）

圭介が部屋に入ると、実香はすでに制服を脱ぎはじめていた。あっという間にパンティーとブラジャーだけの姿になってしまう。

「きょうね、理沙とバストを比べたの。前は理沙のほうが大きかったけど、このごろ追いついてきたみたいなのよね。圭介に揉《も》んでもらってるせいかしら」

「確かに大きくなったな、実香のオッパイ。男子もうわさしてるよ。最近、実香は色っぽくなったって。好きな男ができてバージンじゃなくなったからじゃないかって、疑ってるやつもいるくらいさ」

「フフッ、言ってあげればいいじゃない。ぼくがオッパイを揉んでるからだって」

「そ、そんなこと言えるわけないだろう」

「冗談よ。でも、うれしいわ。圭介とこういうことするようになってから、私、自分でもセクシーになった気がするもの」

実香はにっこり笑い、圭介の足もとにひざまずいた。なんのためらいもなくベルトをゆるめ、あっさりと制服の黒いズボンを引きおろしてしまう。

「わあ、すごい！　いつもより硬くなってるみたいよ、圭介のここ」

「そりゃあそうだよ。実香、フェラチオしてくれるんだろう？　期待しただけで、暴発しちゃいそうな気分さ」

実香がブリーフをおろしはじめるのを見ながら、圭介は自分で上着とシャツを脱ぎ、上半身裸になった。実香の手によって、ズボンとブリーフ、それに靴下も取り去られる。

普段なら、ここで全裸の圭介がベッドに横たわり、実香が添い寝しながらペニスを握ってくれるのだが、きょうは違った。床にしゃがんだまま、実香は背中に手をまわしてホックをはずし、ブラジャーを床に落とした。きれいなお椀型を描いた乳房が、プルプルと揺れながら露出してくる。

白い双丘を見せつけるように胸を張ってから、実香はおもむろに肉棒の根元を握った。一度、圭介をちらりと見あげたあと、大きく口を開けて硬直をくわえ込む。

「うわっ！　ああ、実香……」

初めて経験するフェラチオの心地よさは、圭介の想像をはるかに超《こ》えていた。ブルブルという震《ふる》えが背筋を這《は》いのぼっていく。

それでも圭介は、まだ志津子に思いを馳《は》せていた。実香ではなく、できれば志津子にくわえてほしいという願望で、胸がいっぱいになる。

（おばさんがフェラなんかしてくれたら、きっとその瞬間にイッちゃうだろうな。でも、実香のもすごい。こいつ、ほんとにバナナで練習したみたいだ……）

ぐつぐつと煮えたぎった欲望のエキスが、いまにも噴火しそうになっているのを、圭介は実感した。

「最高だよ、実香。ぼく、出ちゃいそうだ。く、口に出してもいいのかい？」

実香はそれに答えることもなく、ゆっくりと首を振りはじめた。口内発射してもかまわないという意思表示なのだろう。

しかし、このまま射精してしまうのは、圭介には不満だった。これまでいつもフィニッシュする際には、必ず実香の体のどこかの部分に手を触れていたのである。

「実香、さわりたいよ。出すときは、やっぱりきみの体にさわっていたいんだ」

切羽つまった圭介の声を聞き、実香はいったんペニスを解放した。彼女のほうも興奮状態にあるらしく、顔は耳まで真っ赤に染まっている。

「ベッドに寝て、圭介。私が逆さまになって重なるから」

圭介は従順にベッドにあがった。実香はどうやらシックスナインの体勢をとるつもりらしい。手で握ってもらっていたときにも、この体位で放出した経験は何度かある。

期待どおり、実香は圭介の顔をまたぐ格好で覆《おお》いかぶさってきた。パンティーに包まれた股間に目をやりつつ、圭介は両手で実香のふとももをしっかりと抱きしめる。

すべすべして弾力に満ちた内ももの手ざわりを感じたとたん、圭介はまた志津子のことを思った。

(実香のもいいけど、おばさんのふともも、もっと気持ちいいんだよな……)

たった一度ではあるが、圭介は志津子のふとももに手を触れた経験がある。そのときのことを思い出すと、いまでも胸が熱くなる。中学一年の夏休み、二家族合同で海水浴へ行った際、圭介は志津子からサンオイルを塗ってくれと頼まれたのだ。

小学生のころから志津子にあこがれていた圭介は、喜んでその役目を引き受けた。背中や二の腕、さらにはむっちりしたふとももまで、さりげなくオイルを塗るふりをしつつ、その熟れた肉の感触をたっぷりと楽しんだのである。

（実香もいつかはおばさんみたいな体になるのかもしれない。でも、いまはやっぱりおばさんのほうがずっと魅力的だ）

目の前にあるパンティーに顔を押し当てながら、圭介は目を閉じた。屹立したペニスがふたたび実香の口に含まれると、志津子にフェラチオを受けている自分の姿を、圭介ははっきりと想像することができた。一気に射精感が押し寄せてくる。

（おばさんのふとももにさわりながら、こうやって口にくわえてもらえたら、ぼくはもう死んでもいい！）

圭介が半ば本気でそんなことを考えているうちに、実香は首を振りはじめた。動作はややぎこちなく、ときおり歯が当たったりもするのだが、ぬめぬめした舌の感触はすばらしく、圭介は完全に抑えがきかなくなる。

「実香！　ぼく……で、出ちゃう！」

叫んだ直後、圭介は射精した。肉棒が大きく脈動するたびに、濃い白濁液が実香の喉奥に向かって噴出する。

実香は鼻から小さな悲鳴をもらしたものの、決して口を離そうとはしなかった。ペニスの動きが止まるのを待って、ようやく顔をあげると、口内に残った欲望のエキスをごくりと飲みくだす。

しばらくして、実香が体を反転させた。圭介に添い寝する形で身を横たえる。

「ねえ、どうだった？　私のフェラ」

「すごかったよ。まさか口に出せるとは思ってなかったし、飲んでくれるなんて……」

「圭介が好きだからよ。セックス以外はなんでもしてあげるから、絶対に浮気なんかしちゃいやよ。理沙の誘いに乗ったりしたら、私、許さないから」

「わかってるよ。こんなすてきなフェラまでしてもらえるのに、浮気なんかするわけがないだろう？」

そう言って実香を抱きしめながらも、圭介の頭の中には、ふともも剝《む》き出しのテニスウエアを身にまとった志津子の姿が、くっきりと映像を結んでいた。

2

一週間後の夕方、圭介は緊張しながら星野家のチャイムを鳴らした。学校から帰宅した直後、志津子から電話があり、ここへ来るように言われたのである。

きょうは実香が塾へ行っている日で、星野家には志津子一人しかいない。あこがれの女性と二人きりになれるのだから、もっとワクワクしてもよさそうなものだが、圭介はむしろ憂鬱《ゆううつ》だった。受話器の向こうの志津子の声が、まるで怒っているように聞こえたからだ。

『ボクに話しておきたいことがあるの。すぐにうちへ来てちょうだい。いいわね』

志津子と知り合ってからすでに十年以上になるが、こんな言い方をされたのは初めてだった。幼いころは圭介もいろいろいたずらをしたものだったが、志津子はだいたい笑ってすませてくれた。叱られたという覚えは、ほとんどないのである。

(きっと実香とのことがバレたんだ。まいったな、ちゃんと秘密にしてきたはずなのに。おばさんがオフクロに話したりすれば、今度はオヤジにもどやされるかもしれない)

父からの叱責を考えると、圭介はいっそう暗い気分になった。半年ほど前、担任教師がふともらした『不純異性交遊』などという古めかしい言葉が、不意に頭に浮かんでくる。

やがて玄関の扉が内側から開かれた。グリーンのワンピースを着た志津子が、にこりともせずに圭介を迎え入れる。

「早かったわね。さあ、あがって」

「は、はい」

圭介は靴を脱ぎ、志津子のあとについて廊下を歩きだした。このときになって、志津子の着ているワンピースがかなりのミニ丈であることに気づいた。パンティーをぎりぎりで隠す程度の裾からは、圭介にとって憧憬の的《まと》となっている素足の白いふとももが、すっかり剝き出しになっている。

普段の圭介なら、この光景を目にしただけでペニスを硬くしてしまうところだが、さすがにそんな気分にはなれなかった。志津子の口からいったいどんな言葉が飛び出すのか、いまは気が気ではない。

広いリビングに入ると、志津子は目顔でソファーを示した。うなずいた圭介が座ると、志津子も真向かいに腰を沈め、さりげない動作で脚を組んだ。閉じ合わされた両ももの間に、かすかにパンティーの股布がのぞく。

志津子のパンチラは、これまでにも何度か目撃していて、そのたびに性感を揺さぶられていた圭介だが、きょうに限ってはペニスもまったく反応しなかった。志津子に対する欲望よりも、何を言われるのかという不安のほうがずっと大きいのだ。

「ねえ、ボク。実香に聞いたんだけど、あなた、とってもモテるんですってね」

「は？　いえ、そんなことは……」

「隠さなくてもいいわよ。ボクは確かにかわいいし、女の子が放っておかない気持ちもわかるわ。でもね、実香もあなたが好きみたいなの。ボク、わかってるんでしょう？」

「ええ、そりゃあ……」

圭介には、まだ志津子の真意が測りかねた。ただ、彼女の言葉から、特に怒りは感じられなかった。少しだけほっとしたせいか、目の前にある志津子の脚が気になってくる。

「単刀直入に言わせてもらうわ。ボク、実香とはどこまで進んでるの？」

「ど、どこまでって……」

「最近の子は早いって言うものね。お互いに好きなら、中高生でもすぐセックスしちゃうって話じゃない？　私、知りたいのよ。あなたたちがどういう関係になってるのか」

「そ、それは……」

圭介は迷った。ほんとうのことを言ったとして、志津子がどんな反応を示すのか、まったく予測できないのである。場合によっては怒りだして、実香と会うことを禁じられる可能性もないとは言えない。

かといって、志津子にウソが通用するとも思えなかった。なにしろ彼女は実香の母親なのだ。娘の様子を見ていれば、だいたいの想像はついているに違いない。

（どうせいつかはバレるんだ。思いきってほんとのことを話して、早めに謝ってしまったほうがいいかもしれない）

圭介は一度、大きく息をついた。じっと志津子の顔を見つめて口を開く。

「おばさん、ぼくたち……あの、実は、けっこう進んじゃってるんです」

「そんな言い方じゃわからないわ。もっとはっきり話してちょうだい。セックスまでしたの？　それとも……」

「してません！　でも、つい最近、彼女が、ぼ、ぼ、ぼくのを、く、くわえてくれるようになったんです」

圭介は必死で言葉を絞り出した。全身が熱く火照《ほて》り、顔面が紅潮しているのが自分でもよくわかる。

だが、志津子はそれほど驚いたふうには見えなかった。納得したようにうなずき、すっと脚を組み替える。

ベージュのパンティーの股布が、今度は剝き出しになった。圭介の股間で、ペニスがむっくりと鎌首をもたげはじめる。

「なるほど。実香がフェラチオまでしてあげてるってわけね」

「は、はい。すみません、おばさん。自分でするより、ずっと気持ちがいいものだから、つい甘えちゃって」

「べつに謝ることないわ。実香だって、いやいやしてるわけじゃないんでしょう？」

「ええ、それは、まあ……」

志津子の意外な反応に、圭介はとまどいを隠せなかった。志津子には、圭介を叱るつもりなどまったくないらしい。

「じゃあ、実香はまだ処女なのね」

「それは間違いありません。当分はバージンでいたいって、彼女も言ってましたから」

「そう。でも、やっぱり心配ね」

「いやあ、彼女なら大丈夫ですよ。ぼく以外の男とは付き合ってないみたいだし」

実香を弁護しようとする圭介を見て、志津子はゆっくりと首を横に振った。

「私が心配なのは実香じゃなくて、ボクのほうよ。あなた、これからもフェラチオだけで我慢できるの？」

志津子の言っている意味がとっさには理解できず、圭介は首をかしげた。志津子はくすっと笑って言葉を継ぐ。

「さっきも言ったけど、ボク、モテるんでしょう？　実香の話だと、同級生の中にはもうセックスまで経験しちゃった女の子がいっぱいいるそうじゃないの。ボクがそういう子に誘われちゃうんじゃないかって、とっても不安なのよ。実香だけじゃなくて、私もね」

「いやだなあ、おばさん。ぼくなら心配いりませんよ。ほかの女の子になんか、ぜんぜん興味ありませんから」

「でも、もし迫ってこられたら、それを拒否する自信はある？　バージンでなくなった女の子は大胆よ。たとえば目の前で服を脱がれたら、どうにもならなくなるんじゃない？」

「そ、それは……」

確かにそのとおりだ、と圭介は思った。たとえばクラスで最も人気のある結城理沙《ゆうき》あたりが誘いをかけてきたら、きっぱりはねつけるだけの自信はない。

「率直に言うわ。ボクだって、いますぐにでもセックスがしたいんでしょう？」

「そりゃあ、したいです」

「でもね、できれば実香とはいまのままでいてほしいのよ。もちろん、もう少したってお互いの気持ちが変わらなかったら、先へ進んでもかまわないわ。だけど、せめて中学生のうちは、あの子に処女でいてほしいの」

「わかってますよ、おばさん。ぼく、無理に求めたりはしません」

「ボクの気持ちはうれしいわ。それでも、ボクも男の子だし、何かのきっかけでほかの女の子とセックスしちゃうかもしれないでしょう？　それじゃ実香がかわいそうだと思うのよ。あの子はボクが好きなんだし」

圭介には返す言葉がなかった。ほかの女の誘いになど絶対に乗らない……と、断言することができないのがつらいところだ。

「だからね、私、考えたのよ。実香がもう少しおとなになるまで、私があの子の代わりをしてあげられないかって」

「おばさんが、実香の……代わり？」

一瞬、ぽかんとした圭介だが、すぐに志津子の言葉の意味に気づいた。全身がカッと熱くなる。

「おばさん！　つ、つまり、おばさんが……ぼ、ぼくと……」

「そうよ、ボク。あなたの欲望、私が鎮《しず》めてあげたいの。駄目かしら」

これまでに聞いたこともないような媚《こび》を含んだ声で言い、志津子はゆっくりと脚を組み替えた。裾が乱れてパンティーが丸見えになっても、志津子はそれを直そうともしない。

「だ、駄目なわけないでしょう。ぼく、ずっとあこがれてたんです。そりゃあ実香も好きだけど、最初に意識した女性はおばさんだったんですよ。自分でするときだって、いつもおばさんのこと考えてるし……」

「まあ、ボクったら……」

組んでいた脚をほどいて、志津子は立ちあがった。圭介の手を取って立たせ、いきなり抱きしめる。

「ああ、おばさん！」

胸に押し当てられた乳房の柔らかさに、圭介は陶然となった。おそるおそる両手を向こうへまわし、志津子のお尻に触れてみる。

「おばさん、き、気持ちいい……」

「もう大きくしてるのね。わかるわ。ボクの硬いのが、私のお腹に当たってくる」

志津子はいったん体を離し、背中に手をやってジッパーを引きおろした。ぽうっとなって見つめる圭介の前で、身をくねらせるようにしてワンピースを脱ぎ捨てる。

下から現われた志津子の肉体に、圭介はあらためて憧憬の視線を送った。下着はブラジャーもパンティーもベージュのシンプルなものだったが、それがかえって志津子のプロポーションを引き立てていた。ブラジャーに支えられた砲弾状の乳房、むっちりしたふとももなどを目にしていると、それだけで射精してしまいそうな不安を覚える。

ブラジャーをはずし、豊満なふくらみをあらわにしてから、志津子は床にひざまずいた。慣れた手つきでベルトをゆるめ、圭介のズボンを足首までずりおろす。

「上は自分で脱いでね、ボク」

うなずいて圭介が上着やシャツを脱ぎはじめると、志津子は手際よくブリーフをおろした。あらわになった肉棒の先端には先走りの透明な粘液がにじみ出ていて、ぱんぱんに張った亀頭全体を鈍く光らせている。

「もうおとなと同じね。知らなかったわ。こんなに立派なモノを持ってるなんて」

言うが早いか、志津子は右手で根元を支え、ぱっくりと肉棒をくわえ込んでいた。空《あ》いた左手を陰嚢《いんのう》にあてがい、睾丸《こうがん》をころがすように妖《あや》しく指をうごめかせる。

「ああっ、おばさん！」

実香の口によってフェラチオの経験はすんでいたはずの圭介だが、志津子から与えられた快感は、実香のときとは比較にもならないほど強烈だった。口に含んだ肉棒に、志津子はねっとりと舌をからめてくる。

「おばさん、たまりません。ぼく、もう出ちゃいそうで……」

圭介の差し迫った声を聞き、志津子はいったんペニスから口を離した。しっとりと潤んだ目で圭介を見あげる。

「いいのよ、ボク。このままお口に出しちゃっても。それとも、この硬いのを私の中に入れてみたい？」

「入れたいです！　ぼく、コレをおばさんのあそこに……」

ほとんど反射的に、圭介は答えていた。口内発射ももちろん魅力的ではあるが、一刻も早く本物のセックスを経験したいという気持ちのほうが、いまはずっと強い。

「いいわ、じゃあそうしましょう。ああ、ボクったら、ほんとうに硬くしてるのね」

熱に浮かされたような口調で言い、志津子は立ちあがった。両手でパンティーの縁をつまみ、圭介の視線を充分に意識しつつ、ゆっくりと引きおろしていく。

「あらあら、私も興奮しちゃったみたい。パンティー、もうこんなに濡れちゃってるわ」

足首から抜き取った薄布を眺め、志津子はいたずらっぽい表情を浮かべて言った。

「ああ、おばさん……」

「来て、ボク。ここでいいわよね」

志津子は床に横たわった。大きく脚を広げ、右手を股間にあてがって圭介を誘う。

圭介はすぐにでも抱きついていきたかったが、初めてとあって、さすがに勝手がわからなかった。困惑顔で志津子を見つめる。

「おばさん、ぼく、どうしたら……」

「心配しないで。ほら、私の脚の間に入ってごらんなさい。そう、膝をついて。あとは私にまかせておけばいいのよ、ボク」

白いふとももの間に、圭介は膝立ちになった。志津子の右手がおりてきて、いきり立った肉棒をやんわりと握る。

「うわっ、ああ、おばさん……」

「すてきよ、ボク。もっとこっちへ」

志津子に誘導されるまま、圭介はじりじりと膝を進めた。ペニスの先に蜜液のぬめりを感じ、思わずブルッと総身を震わせる。

「ここよ、ボク。さあ、入ってきて」

「おばさん！　うっ、ああ……」

圭介が腰を突き出すと、肉棒は一気に根元まで、志津子の肉洞に飲み込まれた。とたんに、四方八方から柔肉がからみついてくる感じがして、圭介は頭の中が真っ白になる。

「ああっ、わかるわ、ボク。ボクの硬いのが、私の中に入ってるのね。好きよ、ボク」

「おばさん！　き、気持ちよすぎます。ぼく、もう何がなんだか……」

「それでいいのよ、ボク。みんな最初はそうなの。遠慮することないわ。ボクの白いジュース、みんな私の中に出しちゃって」

圭介は本能的にピストン運動を開始した。硬直が肉ヒダにこすられ、猛烈な射精感が襲いかかってくる。

「おばさん、ぼく……ぼく……、もう……」

爆発を覚悟した圭介は、とっさに右手を志津子のふとももにあてがった。その弾力を味わいつつ、さらに腰の動きを速める。

「うっ、ああっ、お、おばさん!」

「ああん、ボク」

圭介のペニスが、ついにはじけた。熱い欲望のエキスがビュッ、ビュッと噴出するごとに、志津子の体にも痙攣《けいれん》が走る。

十回以上も脈動して、ようやく肉棒はおとなしくなった。それでも志津子の肉ヒダはヒクヒクと妖しくうごめいていて、射精とはまた違った快感を圭介に与えてくれる。

しばらく余韻にひたっていると、志津子のほうの動きも止まった。圭介は体重をあずけ、志津子の耳もとにささやきかける。

「ありがとうございました、おばさん。まだ夢を見てるみたいですよ。おばさんとセックスができたなんて」

「私も感激よ。ボクの初めての女になれたんですもの。実香が塾でいない日は、いつでも来てもらってかまわないのよ」

「ほんとに? きょうだけじゃなくて、これからもぼくと……」

「当たり前じゃないの。ボクが実香以外の女の子とエッチなことしちゃったら困るもの。いいわね、ボク。セックスは私が面倒を見るから、ほかの女の子には手を出さないで」

「もちろんですよ。おばさんが相手をしてくれるんなら……」

実香だって必要ないくらいだ――と言いかけて、圭介はなんとか思いとどまった。

(もう夢じゃない。これからは、好きなだけおばさんとセックスができるんだ!)

そう考えると、志津子の肉路に収まったままだった圭介のペニスが、またむくむくと硬さを取り戻しはじめた。

3

「それじゃママ、ちゃんと圭介とセックスしてくれたのね」

塾から戻った実香は、さっそく母の志津子に確かめた。志津子はにっこり笑い、大きくうなずいてみせる。

当分はバージンでいたいと思いつつ、圭介をクラスメートの理沙や真弓に取られるのではないかと心配した実香は、母に頼んで圭介を誘惑してもらったのである。

「ありがとう、ママ。これからもときどき圭介に抱かれてあげてね」

「あら、きょうだけじゃ駄目なの?」

「だって、理沙なんか、本気で圭介を狙《ねら》ってるみたいなんだもの。私が圭介とセックスしてもいいって思える日まで、できればママに相手をしていてほしいのよ」

「かわいい娘の頼みとなれば、仕方がないわね。いいわ。ボクが相手じゃちょっと物足りないけど、我慢して付き合ってあげる」

口ではそう言いながらも、志津子はすっかり体を火照らせていた。自分をオナニーの対象にしていると告白してきた圭介が、いまはたまらなくいとおしく思える。

(実香になんか負けるもんですか。もっともっとボクを夢中にさせてあげるわ)

圭介の硬いペニスを思い描いた瞬間、体の芯《しん》からジュッと蜜液が湧《わ》き出てくるのを、志津子ははっきりと感じた。

歪《ゆが》んだ情交

雨宮 慶

著者・雨宮《あまみや》 慶《けい》

昭和二十二年、広島県生まれ。「官能ロマンは、作家みずからが裸にならなければならない」を持論とする氏は、昭和五十一年のデビュー以来、著作は百冊を超え、官能小説界の実力派として活躍を続けている。近著に『倒錯歯科医・制服狩り』『社長秘書・黒い下着の痴漢通勤』など。

1

「さ、どうぞ」

早紀《さき》の弾《はず》んだ声に促《うなが》されて、倉石《くらいし》は戸惑いながら部屋にあがった。

倉石の戸惑いは、そこが二十五歳の独身ＯＬが住んでいるマンションの部屋だからではなかった。相手が早紀で、この日病院に迎えにきた早紀に「退院のお祝いをしましょう」といわれ、いきなり部屋に連れてこられたからだった。

「座っててちょっと待ってて」

いわれるまま倉石はソファに腰を下ろした。早紀はキッチンにいった。

倉石は落ち着きなく室内を見回した。ピンク色のカバーがかかったベッドを見て、あわてて眼をそらした。部屋はワンルームだった。

キッチンに立っている早紀の後ろ姿を見ながら、倉石は首をひねった。早紀がどういうつもりで自分を部屋に連れてきたのかわからなかったからだ。助けてもらったお礼や、そのために二カ月間の入院という重傷を負わせてしまったことへの謝罪のつもりなら、もう充分してくれていた。それに退院祝いなら、なにも二人きりになる、しかも男を妙な気にさせかねないこんな部屋ですることはないはずだ。

（まさか⁉　――なわけないか。こんな若い娘が俺みたいな中年男に……）

一瞬胸をときめかせたものの、すぐに自嘲の苦笑を浮かべたそのとき、眼にしている早紀の後ろ姿から喚起されたように、倉石の運命を変えたあのときの事件が脳裏に浮かんできた。

――一年あまり前のことだった。倉石はとんでもない事件を起こしてしまった。帰宅ラッシュの電車のなかで、眼の前に立っていた若い女に痴漢行為をしかけ、憤慨《ふんがい》した女に胸をつかまれて駅員に突き出されたのだ。

それまで倉石は痴漢をしたことなど一度もなかった。それどころか、四十二になるその歳まで浮気一つしたことがなく、自他ともに認める真面目《まじめ》なタイプだった。

それがどうして痴漢などしたのか、そのときは倉石自身もよくわからなかった。なにしろ、突然「やめてッ！」という悲鳴があがって女に手をつかまれるまで、自分が痴漢しているという自覚さえなかったのだ。

原因はあとになってわかった。勤務先の会社が大幅な社員のリストラを敢行中で、その候補に自分の名前もあがっているのではないかと疑心暗鬼になるあまり、ノイローゼぎみになっていたせいだった。

だが、たった一度の痴漢行為、それも女のスカート越しにヒップに触っただけで、倉石は会社を首になった。リストラを敢行中の会社に絶好の口実を与えたのだ。揚げ句、妻子にも去られ、すべてを失う羽目《はめ》になった。

それだけではない。さらに苛酷な現実が待っていた。アパートの六畳一間の侘《わび》しい独り暮らしに加えてこの不況のおり、事務職一筋の四十男が再就職の口にありつけるチャンスは皆無に等しかった。

すべてはあの女のせいだ。あのとき女があそこまでせずに黙って拒絶してくれていれば、こんなことにはならなかったのに！

失意のどん底に突き落とされた倉石は、自分を警察沙汰《ざた》にした女を憎んだ。

それでも失業保険で食っていけているうちはまだよかった。保険の支給が切れると、背に腹は替えられず、日雇いの肉体労働に従事するようになった。

そんなある日、思いもかけないことが起きた。

その前日の夜、仕事のあと、いつものように行きつけの小料理屋で夕食を摂《と》りがてらいっぱいひっかけてアパートに帰る途中、倉石は女の悲鳴を聞き、そのただならぬ声が聞こえてきた公園のなかに駆け込んでいった。すると、男が二人がかりで女を押さえ込んでいた。とっさに倉石は「やめろッ！」と叫んで男たちを制止しようとした。二人とも茶髪の若い男だった。そのときは女の顔を見る余裕もなかったが、着衣を乱され下着を脱がされる寸前だったことだけはわかった。

二人の若い男は倉石の出現に怯《ひる》んだようすもなかった。それどころか倉石に食ってかかり、殴る蹴るの暴行を加えはじめた。その間に女が携帯電話で警察を呼ばなければ倉石は殺されていたかもしれない。救急車で病院に担ぎ込まれたときは意識が朦朧《もうろう》としていた。診断の結果、肋骨《ろっこつ》が二本折れていたのと強度の打撲傷で二カ月の入院が必要ということになった。

翌日、レイプされかかった女が病室にやってきた。見舞いの花束を持ってお礼をいう女を見て、倉石は驚愕した。あろうことか、女は倉石が憎みつづけてきた、あのときの女だったのだ。ところが女のほうは倉石の顔など忘れてしまったらしく、動揺したようすもなかった。

そのとき倉石は初めて、森村《もりむら》早紀という女の名前を知った。

早紀はそれから毎日のように退社後見舞いにきた。仕事が休みの土日は半日ちかく病室にいて、あれこれと倉石の世話をした。

倉石の気持ちは複雑だった。自分の運命を狂わせた早紀に対する憎しみは容易に消せるものではなかった。それでいて、いつしか早紀がきてくれるのを心待ちにするようになっていたからだった。

倉石が入院中に二人の間でいろいろ会話が交わされた。早紀が銀行員で、人並み以上の美形でスタイルがいいにもかかわらず恋人はいないということもそれでわかったのだが、倉石も早紀から聞かれて自分のことを話した。といってもリストラで会社を首になり妻子にも逃げられて、いまは冴《さ》えない中年男のフリーターだと自嘲しただけで、その原因が早紀にあることはいわなかった。

「お待たせ……」

早紀が大きな皿を両手に持ってもどってきた。

「これ、わたしの手作りだから美味《おい》しいかどうか自信ないんだけど、召し上がってみて」

テーブルの上に置かれた皿には、ピザがカットされて載っていた。

「すまないね、こんなことまでしてもらって」

キッチンとテーブルの間をせわしなく行き来している早紀に、倉石は胸に熱いものが込み上げてくるのをおぼえながら礼をいった。入院中もそうだったが、独《ひと》り暮らしの侘しさが身にしみているぶん、早紀の気遣いがこたえるのだ。早紀には入院中の世話ばかりか、入院費まで払ってもらっていた。

「気にしないで、倉石さんはわたしの恩人なんだから。それよりお祝いしましょうなんていってもこれぐらいのことしかできなくて、わたしのほうこそすみません」

いいながら早紀は倉石と向かい合って椅子《いす》に腰かけた。テーブルの上には、ワインと二人ぶんのグラスと取り皿も並んでいる。

「いやいや、ワインとピザなんて久しぶりだよ。なにしろ中年男のやもめ暮らしだからろくなものを食べていないからね」

倉石は自嘲していった。

「じゃあ倉石さんの退院を祝って乾杯しましょう」

グラスにワインを注いだ早紀が、笑みを浮かべていった。二人はグラスを手にした。

「迷惑をかけてすみませんでした」

「早紀ちゃんのせいじゃないよ。俺のほうこそすっかりお世話になって……」

入院中に早紀を〝ちゃん付け〟で呼ぶようになっていた倉石だが、まだ素直に「ありがとう」という言葉を口にすることができない。二人はグラスを合わせ、乾杯した。

2

ボトルのなかのワインは、もう残り少なくなっていた。

早紀は色が顔に出ない質《たち》らしく、顔色は変わっていないが明らかに酔っているようすで、とろんとした表情をしている。いける口だがすぐに色が顔に出るほうの倉石も、赤い顔をしていくらか酔いがまわっていた。

ところが二人の間には息苦しいような沈黙が流れていた。もっともそう感じているのは倉石だけで、早紀のほうは倉石の傷の具合を聞いたり、たわいない話をしているうちに会話が途切れたとしか思っていないのかもしれない。

その沈黙を倉石が息苦しく感じるのは、眼の前にいる早紀の軀《からだ》を生々しく感じて凶暴な衝動にかられそうになっているせいだった。

早紀は、茶色を基調に赤や黄色が編み込まれた、秋らしい色のニットのワンピースを着ている。そのワンピースが軀にフィットしているため、プロポーションのいい軀の線や形よく盛り上がったバストが手に取るようにわかる。おまけにワンピースの丈《たけ》がミニで、椅子に座っているため、ほどよく肉のついた太腿の中程まできれいな脚が露出している。

そんな早紀を前にして倉石は、酔うにつれてその軀を舐《な》めるように盗み見ている自分に気づいたとき、

（俺の人生をメチャメチャにしたこの女を犯してやりたい！）

という凶暴な衝動にかられそうになって息苦しさに襲われはじめたのだ。

早紀とこんな形で再会してさえいなければ、そうしていたにちがいない。だがいまの倉石は、衝動に身を任すことができなかった。

「倉石さん大丈夫？　気分でもわるいの？」

早紀の心配そうな声に、倉石はあわてていった。

「大丈夫、平気だ」

「ならいいんだけど、退院したばかりだから具合がわるくなったんじゃないかと思って……」

「そんな顔してたかな」

ホッとしたようすの早紀に、倉石は苦笑いした。

「なんだか深刻な顔して黙ってるからそう思ったんだけど、なにか考え事でも？」

「いや、べつに……」

「わたし、さっきから思ってたの」

なぜか早紀は秘密めかしたような笑みを浮かべていった。その笑みにつられて倉石は聞いた。

「なにを？」

「倉石さんて、真面目なヒトなんだって」

「真面目？　どうして？」

「だって、わたしとこうしてても、変なことしようなんて気、全然ないみたいだから」

早紀は倉石を揶揄《やゆ》するような眼つきで見ている。妙な言い方とその眼つきに倉石がドギマギしていると、

「でもわたし、正直いうと、ちょっとガッカリしてたの。わたしって、そんなに魅力ないのかなって」

俯《うつむ》いてすねたような口調でいう。

「そんな、そんなことないさ。早紀ちゃんはすごく魅力的だよ。俺は最初からそう思ってたさ。だけど、冴えない中年男なんか相手にしてくれないに決まってると思って……」

倉石は思いがけない早紀の言葉に年甲斐もなく気が動転してしまって、しどろもどろした。

「ううん、倉石さんは冴えない中年男なんかじゃないわ」

早紀はかぶりを振っていうと椅子から立ち上がった。そして、倉石をドキッとさせる行為をしかけてきた。ソファに座っている倉石のそばに腰かけて腕をからめ、もたれかかってきたのだ。

「だって、わたしのこと、ふつうなら見て見ぬふりをするのに勇気を出して助けてくれた

んですもの、わたしにとって倉石さんは恩人だし素敵な紳士よ」

「そんな、紳士だなんて、俺はそんな上等な男じゃないよ」

早紀の黒光りしたロングヘアから漂ういい匂いと胸に感じるバストの感触に、全身の血が逆流するような感覚に襲われて、倉石の声はうわずっていた。

「じゃあどんな男？」

早紀が顔を上げた。挑むような早紀の眼と眼が合って、倉石は一瞬たじろいだ。早紀は顔を仰向けたまま眼を閉じた。

「わたし、倉石さんがどんな男性でもかまわない……」

独り言のような早紀の言葉を聞いたとたん、倉石のなかでくすぶっていた凶暴な衝動が燃え上がった。早紀を抱きしめ、赤みがかったピンク色の口紅が艶めかしいセクシーな形の唇を、しゃぶりつくようにして奪った。

たちまち二人のキスは濃厚なものになった。口のなかをかきまわすようにして舌をからめていく倉石に、早紀も舌を躍らせてからめ返してくる。

倉石は片方の手でバストを揉《も》みたてた。重たげに張った、揉み応えのある乳房だ。早紀がせつなげな鼻声を洩らす。

倉石はワンピースの裾《すそ》へ手を移し、パンストにつつまれて滑らかな感触の内腿の奥にこじ入れた。手に触れた、ふっくらとして生温かい膨らみをまさぐって、下着越しに割れ目に指を食い込ませ、上に下にこする。

「ううン……」

早紀は呻《うめ》いて身をくねらせ、顔を振って唇を離した。

「だめ、ベッドで……」

息を弾《はず》ませていう。顔に興奮の色が浮きたっている。倉石も自分で顔が強張《こわば》っているのがわかるほど興奮していた。

早紀はベッドのそばにいくと、倉石に背を向けて両手でワンピースを持ち上げていく。それを見て倉石もソファから立ち上がり、手早く服を脱ぎはじめた。

早紀は丸首のセーターを脱ぐようにしてワンピースを脱いだ。持ち上がったロングヘアが流れるように落ちて、むき出しの背中と肩にかかった。

倉石は息を呑み、一瞬服を脱ぐ手を止めた。結婚している間は浮気一つせず、やもめ暮らしをするようになってからも女と接する機会も余裕もなかった中年男にとって、下着姿になった早紀の後ろ姿を見ただけで、いきなり心臓をわしづかみにされたような衝撃があった。

それも若い早紀の軀があまりに素晴らしかったからだ。贅肉のないきれいな背中。悩ましくびれたウエスト。肌色のパンストの下に白いハイレグショーツが透《す》けて見えている、むっちりとして形のいいヒップ。それにすらりと伸びた、きれいな脚。プロポーションがいいのはわかっていたが、思わず襲いかかりたくなるほど官能的な軀をしている。その後ろ姿に眼を奪われたまま、倉石がはやる気持ちを抑えて手早く脱いでいる間に、早紀はブラを外してパンストを脱ぎ、ショーツだけになってベッドカバーをめくり、布団のなかにもぐり込んだ。

倉石はトランクス一枚になってベッドに歩み寄った。息苦しいほど胸が高鳴り、トランクスの前は早くも盛り上がっていた。

3

早紀は顔をそむけて、興奮と恥ずかしさが入り交じったような表情を浮かべている。

「早紀ちゃんの軀、よく見せてくれ」

倉石はかすれた声でいって布団をめくった。早紀は小さく喘ぎ、両腕で胸を隠した。

「いいだろ？　ほら、手をどけて」

倉石はベッドに上がって早紀の胸から両手を引き剝《は》がした。早紀は喘《あえ》ぎ声を洩らして両手で顔を覆《おお》った。両肘がまた乳房を隠す恰好になった。

それを見て倉石は思った。

（腕が邪魔だな。そうだ、縛ってやれ）

とっさの思いつきに自分でも驚いた。もともとSM趣味などなく、いままで女を縛ってみたいと思ったこともない。胸の底にある容易に消しがたい早紀を恨む気持ちが、そう思わせたのかもしれない。

その思いつきに倉石は興奮した。いったんベッドから下りると、早紀が脱いだパンストを手にしてまたベッドに上がり、両手で顔を覆ったままの早紀に声をかけた。

「早紀ちゃんは縛られたことはないのか？」

「エッ――!?」

早紀は驚いた声を洩らして両手を顔から離した。倉石が手にしているパンストを見て、唖然とした表情でかぶりを振り、

「まさか、倉石さんてそういう趣味のヒト!?」

「もしそうだったら、いやか？」

「そんなァ、信じられない。ウソでしょ？」

早紀はうろたえて起き上がった。それを見て倉石は思った。

(嫌われてもいい。ＳＭ趣味があるといっていやがられたら、無理やりに縛りあげて犯してやるまでだ)

が、そう思っただけで、

「ああ、そんな趣味はない。俺も女を縛ったことはないんだ」

自分でも情けなくなるような言葉が口を突いて出た。

「それなのに、どうして？」

早紀が怪訝《けげん》な表情で聞く。

「早紀ちゃんの軀をじっくり見たくて、そのままだと両手が邪魔だからそう思ったんだ」

「やだァ、じっくりなんて」

早紀は笑っていうと、急に艶めかしい顔つきになって俯き、

「でも、だったら、なにもされないままよりかそのほうがマシかも」

思いがけないことをつぶやいた。

「いいのか⁉」

驚いた倉石が弾んだ声で聞くと、早紀は俯いたままうなずく。倉石は早紀の後ろににじり寄った。

「じゃあ両手を後ろにまわして」

いうとおりにした早紀の両手をパンストで縛ると、仰向けに寝かせた。早紀は恥ずかしそうな表情を浮かべて顔をそむけた。

「きれいな軀をしてる……」

ショーツをつけただけで、真っ直《まっす》ぐに伸ばした脚をぴったりと閉じ合わせて横たわっている裸身を舐めるように見ながら、倉石は呻くようにいった。

二十五歳の裸身は若さと成熟が溶け合って、まぶしいほど官能的だ。掌《てのひら》にあまるボリュームをたたえた乳房は仰向けに寝た状態でも紡錘形を保ち、きれいな色をしてふっくらと盛り上がった乳暈からいかにも感じやすそうな乳首が突き出している。白いハイレグショーツは股ぐりの部分がレースになっていた。そのために布の部分がかろうじて秘苑を覆っていて、そのぶんエロティックな膨らみが際立ち、ハミ出したヘアがレース越しに見えている。

思わず我を忘れて見入っていた倉石は、そのときふと早紀の異変に気づいた。荒い息遣いと一緒にさもたまらなさそうに裸身をうねらせているのだ。顔を見て驚いた。興奮しきった表情で、ドキッとするほど艶《なま》めかしい眼つきになっている。

「どうした？　見られてるうちに感じたのか⁉」

「だってェ……ああン、もうだめェ～」

早紀は昂った嬌声をあげて焦《じ》れるように裸身をくねらせる。

そのようすに倉石も興奮を煽《あお》られて、乳房にしゃぶりついた。みっしりと肉が詰まった感じの弾力がある乳房を両手で揉みしだきながら、乳首を口に含んで吸いたて舌でこねまわすと、早紀は狂おしそうにのけぞって泣くような喘ぎ声を洩らす。

倉石が覆い被《かぶ》さって乳房を責めているうちに、怒張が突き当たっている早紀の腰が、まるで下腹部を怒張にこすりつけてくるようないやらしい動きをしはじめた。

その腰つきに煽られて倉石は躯をずらしていくと、ショーツをゾクゾクしながらずり下ろしていって抜き取った。

「さあこれでもう隠すものはなにもないぞ」

いうと、いきなり早紀の両脚を大きく押し開いた。

「あッ、だめェ～！」

早紀は悲鳴に似た声を放って腰を振りたてる。

「おおッ、グショ濡れじゃないか」

早紀の反応からして、きっともうそうなっているだろうと予想したとおりの秘苑の状態を見て、倉石はわざと驚きの声をあげた。

「いやァ、いわないでッ」

倉石の狙いどおり、早紀は恥ずかしさに火がついたように身悶《みもだ》える。そのようすが、いつのまにか嗜虐《しぎゃく》的な気持ちになってきていた倉石の興奮を煽り、

「どれ、早紀のオ××コをじっくり見てやろう」

いままでいったこともないあからさまなことをいわせた。

「そんなァ、だめェ〜！」

早紀は悶えながらかぶりを振る。が、その表情も声も、本気でいやがっている感じとは程遠い。むしろ露骨なことをいわれて興奮しているようすだ。

倉石は早紀の秘苑に見入った。黒々としたヘアが繁茂し、その裾が肉びらの両側にも延びている。肉びらは猥《みだ》りがわしいヘアの生え方とは対照的だ。乳首と同じようにきれいな色をして薄く、形も整っている。

「これが早紀のオ××コか」

いうなり両手で肉びらを分けた。「いやッ」という早紀の声がふるえをおび、ヒクッと腰が跳ねた。

「ほら、オ××コぱっくりだ」

「ああッ……」

露骨な言葉を浴びせる倉石に、早紀は昂った喘ぎ声を洩らしただけで、大きく開いた両

脚をブルブルふるわせている。

ジトッと濡れたピンク色の粘膜があらわな割れ目の上端に、早紀の興奮を示すようにクリトリスが膨れあがって露出していた。

脚のふるえが収まったかと思うと、もどかしそうな腰のうねりと一緒に早紀の口から興奮に酔いしれているような喘ぎとも呻きともつかない声が洩れはじめた。

そればかりか、腰のうねりに合わせて膣口が収縮を繰り返し、蜜を滲み出している。倉石は驚き、興奮していった。

「おお、こりゃあすごいや。早紀のお××コ、口をパクパクさせてヨダレを流してるぞ」

「ああッ、もうしてッ」

早紀はたまりかねたようにいった。

「してって、なにを?」

「いじわるッ。ねッ、してッ」

反射的に聞いた倉石に、取りすがるような表情で懇願する。

「もう入れてほしいのか?」

繰り返しうなずく。自分の運命を狂わせた女が夢中になって挿入を求めている。倉石のなかにこれまでにないサディスティックな気持ちがわきあがった。

「なにを入れてほしいんだ？　いってみろ」

「ああン、倉石さんの、チ××ン」

欲情しきった表情で幼児語の男性器の呼称を口にした早紀に、倉石は興奮をかきたてられ、すぐにも犯して狂わせてやりたい衝動にかられた。が、思い止まって、

「その前に舐めてよがらせてやるよ」

いって早紀の秘苑にしゃぶりつき、責めたてるようにクリトリスを舌でこねまわした。

自分から挿入を求めるほどの興奮状態に陥っていた早紀はひとたまりもなかった。たちまちよがり泣きながら絶頂を訴えて裸身を反り返らせると、激しく腰を揺さぶって昇りつめた。

倉石はトランクスを脱ぎ捨てた。放心したような表情で息を弾ませている早紀を抱き起こすと、その前に立ちはだかって怒張を口元に突きつけた。

「さ、こんどは早紀の番だ。しっかりしゃぶってくれ」

「手をほどいて」

早紀は倉石を見上げて訴えた。手が使えなければフェラチオしにくいということらしい。

「そのましろ」

倉石はいった。そのほうが早紀を凌辱《りようじよく》している感じになると思った。

早紀は怒張に唇を寄せてきた。眼をつむって、赤みがかったピンク色の口紅が艶めかしい唇の間から覗かせた舌で、ねっとりと亀頭を舐めまわす。ゾクゾクする快感に襲われながら倉石が見下ろしていると、手が使えないため顔を右に左に傾けながら、舌をじゃれつかせるようにして怒張を繰り返しなぞり、やがて咥《くわ》えてしごきはじめた。それも怒張を口でしごいているうちに欲情が高まってきたらしく、せつなげな鼻声を洩らしながら。

俺の人生をメチャメチャにした女が、うっとりした顔をして俺のチ×ポを咥えてしごいてる。しかもよがって鼻声なんか洩らして。

鬱憤《うつぷん》を晴らすようなことを思いながら早紀を見下ろしていた倉石だが、しごかれて我慢できなくなった。腰を引くと、早紀を四つん這いになるよう仕向けた。

早紀はいやがりもせず、煽情的な態勢を取った。四つん這いといっても両手を後ろ手に縛られているため、上体を突っ伏してヒップを突き上げた、まるで犯してくださいといわんばかりの恰好で、そのヒップを触ったばかりに人生を狂わされた倉石にとって、鬱憤を晴らすにふさわしい態勢だ。

しかもその後ろにひざまずいた倉石から見ると、くっきりとハートを逆さにした形を描いた両の尻朶《しりたぶ》の間に、蜜にまみれた秘苑ばかりか尻の穴まであからさまになっている。

「ほら、さっきよりもっといやらしい言い方でいってみろ。なにを、どこに、どうしてほしいんだ？」

倉石は怒張でヌルヌルした肉びらの間をこすりながらけしかけた。

「そんなァ。ああン、焦らしちゃいやァ」

早紀はベッドに横たえた顔にもどかしそうな表情を浮かべて、焦れったそうに身をくねらす。肉びらの間をこする怒張がクチュクチュという生々しい音を響かせる。

「ほらァ、いってみろ！」

こすっている倉石のほうも快感をこらえなければならず、それが苛立った声になった。

「あぁッ、倉石さんのチ××ン、オ××コに入れてッ」

早紀が昂った声でこれ以上ないあからさまなことをいった。それを聞いて倉石は逆上したようになって早紀のなかに押し入った。ヌル〜ッと怒張がぬかるみのなかに滑り込み、早紀はそれだけで達したような呻き声を洩らした。

倉石にとって久々に味わう蜜壺が、ジワッと怒張をしめつけてきた。

「ああンいいッ。ズコズコしてッ」

早紀が腰をもじつかせて泣き声で求める。

「ああ、狂わせてやるよ」

倉石はそういって、おまえが俺の人生を狂わせたようにな、と胸のなかで毒づき、激しく突きたてていった。

「倉石さん、ウソついたでしょ？」

裸のまま二人並んで横になっていると、早紀が寝返りを打って倉石の胸に顔を乗せ、手を股間に這わせてきた。

「ウソ？　なにを？」

まさか、早紀は俺が痴漢した男だと知ってて——!?　一瞬ドキッとした倉石は、探るように聞き返した。

「ホントはSMの経験あるんでしょ？　じゃなきゃ、さっきみたいなことできないわ」

「なんだ、そんなことか」

倉石は苦笑していった。

「ホントに初めてだよ。それより早紀も初めてだっていってたけど、けっこうマゾッ気がありそうじゃないか」

「正直いって、わたし自身、驚いてるの。もしかしてって思ってたんだけど、やっぱりって感じ……」

倉石とのＳＭっぽい行為がよかったらしく、早紀は嬉しそうな口調でいう。

マゾッ気がある早紀が、あのときちょっと尻を触ったぐらいで、どうしてあんなに大袈裟に怒ったのか？　倉石は怪訝に思い、聞かずにはおれず、それとなく聞いてみた。

「でもマゾッ気があったら困ることもあるんじゃないか。早紀のように魅力的な女なら、電車で通勤してる途中に痴漢に遭うこともあるだろうし、そのときはどうしてるんだ？」

「痴漢はやっぱりいやよ。だって見ず知らずの相手だもん」

「痴漢されたら捕まえるのか？」

「そんなことしないわよ。その前に拒むか避けるかしちゃうから。あ、でも一回だけある！　そのときわたし、ストレスが溜まってて、イライラしちゃってたの。ちょっとお尻触られたぐらいだったけど頭にきちゃって、捕まえて駅員に突き出しちゃった……」

「その男、どんな男だった？」

「それがほとんど覚えてないの。なんか見た感じは、真面目そうでオドオドしてたってぐらいしか」

「可哀相に、その男、早紀に人生を狂わされちゃってるぞ」

倉石は思い入れをこめていった。

「そんなァ、変なこといわないで。もしそうだったら、責任感じちゃうじゃないの。わたしだって、ちょっとやりすぎだったたって思ってるのよ、わるいことしたなって」

早紀の性格のよさが表れている言葉だった。倉石は遣《や》り場のない思いを胸に抱えたまま、そのときの早紀のストレスの原因を聞いた。

「付き合ってた彼とゴタゴタしてて、それで……。彼、奥さんがいるヒトで、わたしよりずっと年上だったんだけど、わたし、奥さんとは別れるって彼の言葉、信じてたの。でも結局裏切られちゃって……」

早紀は自嘲するような口調でいうと、顔を起こして倉石に笑いかけてきた。

「わたしファザコンなの。だから倉石さんのことも好きになっちゃったのかもしれない」

好きといわれて倉石は胸が躍った。が、どういう顔をしていいものか困惑していると、躯をずらした早紀がロングヘアを片手でかき上げて、ペニスに舌をからめてきた。そのくすぐられるような感触に身を任せたまま、倉石は嗤《わら》いを浮かべて思った。

(こうなったら、早紀のヒモにでもなるか。俺にはもったいない女だけど、早紀を抱いているうちに恨みも消えるかもしれない。もっとも、そこまで二人の関係がつづいていればの話だけど……)

淫惑《いんわく》の誤算

長谷一樹

著者・長谷《はせ》一樹《かずき》

会社員生活の傍ら、濃密な官能小説の執筆を続ける。ストーリー展開の妙、陰影に富む性描写にはファンが多く、官能小説雑誌を中心に活躍する。昭和二十六年、北海道生まれ。高崎経済大学中退。

1

夫の修平《しゆうへい》がリビングのソファに寛《くつろ》いで、新聞を広げている。夕食の後片付けでキッチンに立った理恵子《りえこ》は、ふと思い出したように顔を上げていた。

「ねぇ、あなた、今日、健康食品のセールスマンが来たわ。若い男よ。今月からこの地区を担当するんですって。それがすっごくいやらしい目であたしを見るのよ」

「ふーん、それで？」

「あたしの体を上から下までジロジロ見るの。ああいうのを舐《な》めるような視線っていうのよね」

理恵子は、着けていたストレッチパンツに視線を落として言った。伸縮に富む生地《きじ》が腰に密着して、下半身のラインをくっきりと浮き立たせている。

今年で三十二歳になる理恵子だが、子を生んでいない体は胸もヒップも独身時代の張りを失ってはいない。T一六二、B八五、W六一、H八六の体にはぴったりしたパンツスタイルやタイト系のスカートがよく似合い、丸顔にセミロングの黒髪が、実年齢よりはるかに若く見せている。

「超美形」というほどではないが、化粧映えするくっきりした目鼻立ちはチャームポイントのひとつであった。

事実、オシャレして街に出れば今でも独身に間違えられ、若い男からナンパされることもしばしばなのだ。

「ねぇ、聞いてるの？」

「ああ、聞いてるよ。それで？」

夫の修平が新聞に視線を落としたまま、無造作《むぞうさ》に答える。

「もういいわ」

理恵子は、修平の冷ややかな反応に思わずため息をついていた。

結婚してかれこれ十年。熱烈な恋愛の末の結婚だったが、蜜月だった期間はほんのわずかで、以来、セックスレスの暮らしが続いている。銀行員で働き者の夫に経済面での不満はないが、それだけが唯一の不満といえた。

「あたし、浮気してみようかな」

独《ひと》り言《ごと》のようにつぶやく。どうせ修平から反応が返ってくるわけではない。冗談半分、本気半分の独り言だった。実は、ほんの数日前にも街でビジネスマンふうの男に声を掛けられたばかりだったのだ。

独身時代よりもむしろ声を掛けられる頻度《ひんど》が高くなったかもしれない。フェロモンを発散する年齢には個人差があって、理恵子は今がまさに「旬《しゅん》」なのかもしれなかった。

「浮気なんかよせよ。それより、そのセールスマン、お前のどこを見てたって言うんだ？　もっと具体的に言ってみろよ」

「え？」

背後から不意に声を掛けられて、理恵子はあわてて振り向いた。すぐ後ろに修平が立っていた。吐息《といき》が吹き掛かってくるほどの至近距離である。

「言ってみろよ。どこをジロジロ見られたんだ？」

「そんなこと言われたって……」

思わず口ごもる。修平が茶化すように笑った。

「当ててみようか？　そのセールスマン、きっとお前のここを見てたんだぜ」

形良く盛り上がったヒップを、ストレッチパンツの上からスルリと撫《な》でつけられた。

「きゃ！　ばかね、どうしたのよ、いきなり」

「要するに視姦されたんだろ？　どこを視姦されたのか興味が湧いてきたのさ。こういうぴったりしたズボンは、前も後ろも体のラインがくっきり出ちまうからな」

「ズボンじゃないわよ。ストレッチパンツ！」

「似たようなもんだ」

ヒップをスリスリと撫でつけられる。V字形の溝を刻んでいるパンティラインを指先でなぞられた。

「その男、このラインを見ながら、きっとお前の下着姿を想像してたぞ。いや、もしかしたら下着の中身まで想像してたかもな」

修平の声が心なしか上ずっている。

スリム系のジーンズやパンツスタイル、タイトスカートだと、Tバックでも穿《は》かない限り、ムッチリ盛り上がったヒップにパンティラインが響いてしまう。気にしなければそれまでだが、殿方にとっては欲情をそそられる光景のひとつらしかった。

修平の指はパンティラインをなぞりながら、双丘の谷間の最下端に達していた。谷間にめり込んだ指で肛門をクイッと突き上げられる。

「やめてよ。新婚時代じゃあるまいし」

「いいじゃないか、俺たち夫婦なんだぜ。で、その男、もしかしてこっちもジッと見てたんじゃないのか?」

一方の手が前に回される。秘丘の形もあらわな股間を手のひらで包まれ、指がストレッチパンツと下着を後押しして肉裂に食い込んでくる。体内をグネグネと掻き回された。

「ばか。ンもぅ、だめよ。だめだってば」

腰を引いて手から逃れる。が、指は執拗《しつよう》に追ってきた。

「新婚の頃は、よくこうやって台所でやったよな。憶えてるだろ？」

修平の息が荒くなっている。理恵子の報告に久しぶりに興奮してしまったらしい。

「だめだってば。ほらぁ」

懸命に修平の手を押えつける。だが、夫の興奮が伝染して、理恵子もじんわりと潤《うる》むのを感じていた。

「きっとここも想像されたんだぜ。色とか形とか、匂いなんかもさ。お前が他所《よそ》の男に視姦されたと思うと、急に抱きたくなってきた」

「嫉妬《しっと》してくれてるの？　普段は見向きもしないくせに」

「男ってのはそういうもんさ」

手が上に滑り、ストレッチパンツの中に押し入ってくる。パンティをくぐり抜けた手はやがて秘部に達していた。秘毛が掻き分けられ、肉裂にヌプッと押し入ってくる。潤んだ粘膜が乱暴に掻き回された。

「あは……あなた……」

「グショグショじゃないか。視姦されたのがそんなに刺激的だったのか？」

「違うわよぉ。こんなふうに愛されるの、久しぶりだもん。いやでも興奮しちゃうわ」

「嘘つけ。視姦されたのが嬉しかったんだろ。今度その男が来たら追い返せ。いいな?」

「だめよ。明日、また来るって言ってたわ」

「なんだ? どういうことだ?」

「健康茶とかっていうのを、しつこく勧められたの。主人に相談してからでないと、って答えたら、明日また来ますって」

「ったく。よーし、その男が見たがってたお前のスケベな場所を全部検査してやる」

理恵子は修平の反応に驚いていた。普段は見向きもしないのに、この興奮ぶりはどうしたことだろう。

視姦されたことを告げただけで夫のこの興奮ぶり。セールスマンのとんだ置き土産《みやげ》である。もし「直接被害」に遭《あ》ったりしたら、夫はどれほど興奮するだろう……高まっていく快感の中で、理恵子はふとそう思った。

2

翌朝、久しぶりのキスで修平を送り出した理恵子はウキウキ気分であった。そろそろあのセールスマンがやってくる時間である。

ドレッサーの前に立つ。ノースリーブのハイネックセーターにタイトミニのスカートを着けていた。ヒップから太腿《ふともも》にかけてのラインが、タイトなスカートに包まれてみっしりと張り詰めている。

ナチュラルにウェーブしたセミロングの黒髪が色白の肌を際立たせている。腰をよじってヒップを鏡に映してみる。ムッチリとせり上がったヒップにV字形のパンティラインがくっきりと刻まれていた。これで「準備」はＯＫである。

玄関でチャイムの音。一瞬、胸がときめいた。エプロンを着けて玄関に走り、直径一センチほどの覗《のぞ》きレンズから外を見る。あのセールスマンだった。

「あのー、山本《やまもと》健康商事ですけど、改めてお伺《うかが》いいたしました」

「はーい、今開けますぅ」

ドアを解錠して男を招き入れる。

「あ、ちょっと待っててね。ガスにお湯をかけたままなの。止めてくるわ」

身を翻《ひるがえ》してキッチンに向かう。視線がタイトスカートのヒップに注がれたことを敏感に感じていた。これでまた夫への報告ができる。そして今夜の営《いとな》みもまた激しいものに……。

「ごめんなさいね。さ、改めてお話を聞かせていただこうかしら」

玄関に戻った理恵子が、上がり框《かまち》にひざまずきながら垂れた前髪を掻き上げる。ノースリーブのセーターから覗いた腋の下に、すかさず視線が注がれた。かすかに色素沈着した腋毛の剃り跡も、彼にとっては視姦の対象らしかった。これで夫への報告がひとつ増えたことになる。

「で、では……改めてご説明を……」

男の声が上ずっているのを見て取った理恵子は、さらに腰を落として、差し出されたパンフレットに目をやった。

タイトミニのスカートがたくし上がって、薄手のパンストに包まれた太腿が半《なか》ばまで剥《む》き出しになる。スカートと両の太腿で構成されている三角地帯に、待ってましたとばかりに視線が注がれた。視線がスカートの裾《すそ》を潜って、奥まで侵入してくる。

が、理恵子はさらに大胆な行動に出た。夫への報告を、より劇的なものにするためである。

「えーと、効能はどこに書いてあるんでしたっけ？」

男にグッと身を寄せてパンフレットを覗き込む。ノースリーブのセーターから剥き出た肩が、半袖のワイシャツを着けた男の二の腕に触れている。吐息がうなじに吹きかかってくる。理恵子の吐息も男の腕をくすぐっているはずだった。

男の吐息が荒い。今すぐにでも押し倒されて襲われそうな気配。こんな緊迫した状況を修平に報告したら、彼はそれこそ狂ったようになって理恵子の体を求めてくるに違いない。そんな場面を想像するだけで、体が熱くなってくる。

このさい、もっと挑発してやろう。それもこれも夫婦円満のため……。

「あたし、買わせていただくわ。おいくらでしたっけ？」

エプロンのポケットから財布を取り出す。あらかじめ用意しておいた小銭入れだった。

「あーら、これじゃ買えないわね」

小銭入れを逆さにし、手元が狂った風を装って小銭を床にバラ撒《ま》く。

「あ、いけない！」

あわてて床に四つん這いになり、小銭を拾い集める。ヒップを男のほうに向けてである。視線がスカートの布地を貫いて、双丘の谷間に突き刺さってくる。あからさまな視線だ。このことを夫に報告したら、どんなに興奮するか、想像もつかない。

が、ドアを施錠する音が聞こえたのは、その時だった。え？　と顔を上げる。男が頰《ほお》を紅潮させていた。

「奥さん、そのポーズって刺激的すぎますよ。そんな風にお尻を突き出されちゃ、黙って見てるわけにいかなくなりますよ」

ズボンの前が大きなテントを張っている。声が震えている。これには、さすがの理恵子もうろたえた。

「え？　なに？　どういうこと？」

「だからぁ……」

いきなり飛びかかられた。

「きゃ！」

あわてて立ち上がる。後ずさる。さすがの理恵子も、そこまでは予想していなかったのだ。男が土足のまま迫ってくる。ホールドアップの格好で壁に押しつけられていた。

「やめてください！　どういうつもり!?」

「挑発したあんたが悪いんだ。要するにヤリたいってことだろ？　欲求不満なんだろ？」

スカートをヒップの方から捲《まく》られた。パンストの中に手が侵入し、パンティをくぐって双丘の谷間に指が割り込んでくる。双丘の肉に力を込めて閉じようとする。だが、巧みに割れ目をこじ開けた指は、容赦なく肛門にめり込んできた。

「うぐ……いや……」

「へへへ。湿ってるじゃないすか。ここ、きっと臭いんでしょうね？」

ズズ、ズズ……っと指が肛門にめり込んでくる。

「やめて……お願い……」

壁に突っ伏してもがく。が、理恵子も興奮していた。こんなことまでされたと報告したら、修平はどれほど燃えることだろう。嫉妬に狂ってアナルセックスまで求めてくるかもしれない。それを思うと、ついジンワリと潤んでくる。

「やめて。ちゃんと買わせていただくわ。だから堪忍して」

言葉とは裏腹に、理恵子の声はさほど切迫していなかった。男をからかうような響きさえあった。

3

直接行動に出られたのは誤算だったが、不愉快ではなかった。要は「最後の一線」を越えなければいいのだ。

相手は理恵子よりはるかに人生経験の少ない若者である。どんなに危機的状況に陥っても、最後にはサラリとかわす自信はある。

それより大事なのは、どれだけ淫《みだ》らなシチュエーションが展開されるかなのだ。展開が淫らであればあるほど夫への報告は迫力を増し、夫婦の夜の営みは激しいものになる……理恵子は、そう踏んだ。

「困ります。早く帰って！」

拒否も、いわば挑発だった。

「そうはいきませんよ」

背後にしゃがみ込んだ男の手で、パンストとパンティを引きずり下ろされていた。両手の指で谷間を大きくこじ開けられる。露出した薄褐色のすぼまりに熱い吐息が吹き掛かってきた。

「見える。お尻の穴が丸見えだ」

「見ないで。あう……ああ……」

喘ぎながら、理恵子はゆっくりとヒップを突き出していった。

肛門まで見られてしまったと報告したら、修平は文字通り怒り狂って、激しく責め立ててくるに違いない。そして死ぬほど激しい愛撫を加えてくるに違いない。男の仕打ちが過激であればあるほど、夫への報告内容は迫力を増す……。

尻を突き出すにつれて、肛門の下に肉厚の淫唇がヌッとせり出した。汗で肉裂が湿りを帯び、肉裂を縁取っている秘毛が淫唇にべっとりと貼り付いている。

「これが奥さんのワレメか。中身も見せてもらいますよ」

淫唇に指が押しつけられ、肉裂をベラーッと掻き分けられる。よじれ合わさった紅褐色の肉ビラがハミ出し、その奥にヌラヌラとそぼった谷間が恥液の糸を引いて広がった。粘膜ヒダの複雑に入り組んだ膣穴のとば口は赤く充血して、男の視線を釘付けにした。

「見える。何もかも丸見えだ」

男の口から、女性器を示す四文字の猥語が不意に飛び出した。

「あは、見ないで……恥ずかしい……」

突き出したヒップをブルブルと震わせる。広がった谷間に顔が埋められ、恥臭を嗅《か》がれた。

「臭い。ムレた匂いがムンムンしてる」

「いやん……嗅がないでぇ……」

さすがに羞恥《しゅうち》がこみ上げてくる。前夜に入浴して以来、朝はシャワーを浴びていない。朝からムシ暑い日で、汗ばんでムレた理恵子のそこには、恥ずかしい匂いがたっぷりと籠《こも》っているはずだった。

が、そんな仕打ちにも興奮は増すばかりだった。夫への負い目は薄かった。すべては夫婦の営みを充実させるためのプロローグなのだ。最後の一線を越えない限り、夫だって許してくれるはず……。

「ね、ねぇ、念のために言っておきたいんだけど、あたしがあなたを挑発したのはなぜだか分かる？」

「え？」

理恵子の声に、男がけげんそうに顔を上げた。

「誤解しないでいただきたいの。あたし、あなたに抱かれたいから挑発したわけじゃないのよ。実は主人に報告するためなの。主人て嫉妬深いヒトだから、あたしが他所《よそ》の男性に弄《もてあそ》ばれたことを知ったら、とっても燃えちゃうみたい。だからこうして挑発しただけ」

「つまり僕は当て馬ってわけですか？」

「そういうこと。だから約束していただきたいの。どんなに興奮してもインサートだけはしないって」

「ってことはつまり、これを奥さんのアソコの穴に突っ込むなってことですか？」

男がズボンのジッパーを下ろして男根を取り出す。それは腹部を打ちつけるほど反り返って怒張し、赤黒く充血したポールには血脈が雷光のように浮き上がっていた。夫の修平よりも、はるかに立派な持ち物である。

理恵子はその猛々しさにうろたえながらも、目いっぱいの気丈さを装った。

「そういうことよ。ただしインサートさえしなければ、どんなイタズラをしてもいいわ」

「なるほどね。けど奥さん、そんな身勝手が通用すると思ってるんスか？」

理恵子が、え？　と顔を上げた時には、男の目がギラついていた。

「甘いよ！」

怒声が玄関に響く。理恵子はたちまち引きずり倒されていた。仰向けに転がされてもがく。太腿の間に上体を割り込ませた男が、理恵子の片膝を外側に大きく開いていった。

「いや！　乱暴はやめて！」

「こうやって無理やり犯されたって、ご亭主に報告してやれよ。それこそ狂ったようになって燃えてくれるぜ」

両手の指で肉裂を大きくはだけられる。淫唇が裏返り、ヌラついた赤い粘膜が引きつって広がった。

視線が膣穴のとば口に、排尿口に、クリトリスに次々と注がれる。逆V字形に広がった肉ビラの合わせ目からは、シコリと化したクリトリスが包皮から顔を覗かせ、男の欲情を刺激した。

開いた肉裂に顔が押しつけられる。クンクンと鼻を鳴らす音が聞こえてきた。

「へへへ。奥さんみたいな奇麗なヒトの股に、こんな臭いものが隠されてたなんて、超勃起モンだな」

「おっしゃらないで。恥ずかしい」

「いいじゃないか。うーん、スケベな匂いがムンムンしてる」

「やめて！」

イヤイヤともがきながらも、理恵子の潤みは増すばかりだった。男には、夫の修平にない下品さがある。それが女の官能を揺さぶるのだ。

「ああ……見て……あたしのエッチな場所、もっと奥まで見て……」

つい口走っていた。

4

舌が粘膜の谷間に滑ってくる。膣穴のとば口に澱《よど》んでいた恥液が掬《すく》い取られ、唾液と一緒にクリトリスに塗りつけられる。刺激がチリチリとこみ上げてくる。

「あ……あは……そこは……」

男の腕にしがみついて悶《もだ》える。膣穴に骨太の指が挿入されていた。それも二本。胎内を掻き回される。ぬかるんだ音がクチュクチュと聞こえてくる。これも官能を揺さぶられる音である。

「聞こえるだろ？　グショ濡れのオマ◯コが立ててる音だ。あんたがヨガッてる証拠の音だ」

「いやん……それ以上はだめ……ね、ねぇ、もういいでしょ？　満足したでしょ？　もうお帰りになって」

「聞き分けのないヒトだな」

包皮から剝き出たクリトリスを舌で根こそぎえぐられた。電気が走ったような刺激が脳天まで突き上げた。

「あふ……あん……そこ、もっと舐めて。もっとグショグショにしてぇ」

理恵子のリクエストに答えるように、舌が縦横に動き回る。舌の圧力で肉ビラがグネグネとよじれ、えぐられた恥液が淫唇や太腿の付け根にまで塗り広げられる。

後ろのすぼまりにも舌は来た。どこを舐められてもビリビリと感じる。もう夫への報告など、どうでもよくなっていた。手段が目的になっていた。

舌での愛撫がいったん中断され、男が体勢を変えて理恵子の顔のところまでせり上がってくる。切なく眉間を歪《ゆが》めた顔を覗き込まれた。

「そういう切なそうな顔がまた色っぽいぜ」

男が、ぞんざいな口調で笑う。彼は意外にも遊び人なのかもしれない。理恵子の浅はかな企てなど、最初からお見通しだったのかもしれない。が、それも今となってはどうでもいいことだった。

顔が近づいてくる。唇を塞《ふさ》がれた。前歯を割って舌が口腔に侵入してくる。舌と舌が絡みつき、逃げ惑《まど》う理恵子の舌をきつく吸われた。

「あはん……む……むぅ……」

息苦しさに耐えかねて顔を背ける。すると彼の唇は理恵子の首筋に滑り、やがてノースリーブのセーターから剝き出た肩口に達していた。

万歳の格好に腕を伸ばされる。腋の下に唇が来た。薄褐色に色素沈着した腋の下をスリスリと舐めつけられる。毛穴のわずかな残り毛を逆撫でするような愛撫である。性器をイタズラされるのとはまた違った、くすぐったい快感がある。

その間も、下腹部のぬかるみは手指で弄ばれていた。全身を蹂躙《じゅうりん》されている恥悦がある。

逃げ場のない哀しいほどの快感がある。

「ああ……あなたのこれが……ほしい……」

手を伸ばして、ズボンから突出した彼の男根を握りしめていた。血流の疼《うず》きが手のひらにドクドクと伝わってくる。亀頭部の先端を指先でまさぐると、おびただしい量の先走り液が小さな亀裂から湧き出している。

「何がほしいって？　その口でちゃんと言ってみなよ」

「いや、そんなの恥ずかしい」

「ここまできてそれはないだろ。何をどこにほしいのか、ちゃんと言わなきゃ何もしてやんないぜ」

「ンもぅ……だから、あなたのオチ◯チンを、あたしのアソコに……」

「アソコって？」

男は、どうしても理恵子に四文字を言わせてみたいらしい。

「だから、あたしの……オマ◯コに……」

消え入るような声で呟《つぶや》いた瞬間、夫・修平の顔が脳裏をよぎった。初めて夫に負い目を覚えた瞬間でもあった。だが、もう後戻りはできない。熟《う》れた女体が、早く早く、とせがんでいる。

「して……あたしの中に……これを入れて」

男根を握って呟き、夫の残像を脳裏から追い払った。

モゾモゾと起き上がり、床に這う。顔と胸を床に伏せて双丘を持ち上げる。股を心持ち広げる。前も後ろも、女体の全てが男の前にさらされた。最も恥ずかしい挑発のポーズだった。

5

「やってやるよ。バックから無理やり犯されたって、ご亭主に報告してやりな。それこそ野獣みたいに燃えてくれるぜ」

双丘の肉を鷲摑《づか》みにされ、左右にはだけられる。ボクシングのグラブのように膨満した亀頭部で淫唇と肉ビラを捲《めく》られた。

理恵子は身じろぎもしないでいる。次の瞬間に味わわされるであろう屈辱的で最高の悦びを、全身で待ちわびている。

ズッ……膣穴のとば口に熱い衝撃。恥液に誘われて強張りが侵入してくる。

「あは……」

理恵子の顎《あご》がゆっくりと浮き上がった。

膣道の肉壁に無数に隆起したヒダを亀頭部でえぐられ、血脈の疼きがポールからズキズキと伝わってくる。

太い肉塊を呑み込んだとば口は肉塊の直径のとおりに引きつって広がり、柔らかな二枚の肉ビラは、すがるようにポールにまとわりついていった。

ゆっくりと抽送される。左右に張り出したカリ首で胎内がえぐられ、掻き出された恥液が二人の接合部からジュブジュブとあふれてくる。肉壁をえぐられるたびに伝わってくる擦感は、夫・修平の比ではなかった。

「どうだ？」

「いい……すごく……いい……」

「だろ？　俺、こう見えても持ち物にはけっこう自信あるんだぜ」

抽送が激しさを増す。接合部が淫音を立てて軋《きし》み、前後に揺れる陰嚢でクリトリスを打ち据えられる。

が、彼は貪欲《どんよく》だった。眼下にさらされている後ろのすぼまりにも骨太の親指をネジ込んできたのだ。膣道を占領されて圧迫されている直腸に熱い痛みが走った。

「痛ッ……あ……あう……かんにん……」

理恵子が喘ぐ。だが、恥ずかしい全てを犯されている実感に、恥悦がウズウズとこみ上げてくる。

「いくぜ」

男の腰が激しく揺さぶられた。理恵子の中で粘膜が擦れ合い、肉壁がえぐられる。直腸をコネ回している指の動きが肉壁を伝って膣にまで拡がり、女体の全てを支配された屈辱が理恵子を高ぶらせた。

「ああ、すごくいい……こんなの初めて……」

「ご亭主よりいいかい？」

「え、ええ、何倍も。もっとえぐって……前も後ろも、もっといやらしくいじめて……」

腰を左右に揺する。首筋に、腋の下に、乳房の谷間に汗が滴り、くぐもった男の喘ぎがハァハァと聞こえてくる。

脳裏に修平の顔が浮かんだ。が、すぐに像を消し去った。今夜、修平が帰宅したら、あのセールスマンは結局やってこなかった、と報告しておこう。視姦された件も自分の思い過ごしだったと報告しておこう……と。

「もう限界だぜ。そろそろ出る」

頭の上から男の声。膣を埋めつくした男根は、今にもハチ切れそうに膨満している。理恵子はためらわずに答えた。

「中に出して。あたし、もうじき生理なの。だから中に出しても平気」

「へぇ、こいつぁいいや」

ひときわ激しい抽送が膣道を襲った。先端で子宮を突き上げられる。

「あは……いい……すごくいい……」

「俺もだ。ギュンギュン締めつけてくる！」

先端が子宮を突き上げたところで、男の腰がワナと震えた。間欠的な衝撃が二度三度と子宮口を襲う。熱い体液が胎内にドクドクと流れ込んでくる。

「はん……」

シャックリのような喘ぎを放って、理恵子も硬直していた。頭の中が真っ白になる。もう何も考えていなかった。アクメの感動だけを全身で貪《むさぼ》っていた。

欲望を遂げた彼が理恵子の上にぐったりと被さってくる。理恵子も肉裂から精液を滴らせたまま、じっとしていた。荒い吐息が二人の口から少しずつ消えていく……。

けだるい余韻の中で理恵子が耳にしたのは、玄関ドアの解錠の音だった。ドアが開く。理恵子が虚《うつ》ろに顔を上げる。夫の修平が立っていた。

「あなた……なぜ……？」

「理恵子……なんてことだ。妙な胸騒ぎがして仕事を抜け出してきたのに。この男が例のセールスマンか？」

仁王立ちになった修平の拳《こぶし》が震えている。

「これはこれは。あんたがご亭主かい？　奥さんをすっかりご馳走になったぜ。なかなか具合が良かったぜ」

男が萎《な》えた男根をズボンに収納しながら卑屈《ひくつ》に笑う。理恵子はとっさに言葉を継いだ。

「あなた、これにはちょっとした事情が。あなたを」

喜ばせようと思って……と言おうとした。が、一瞬早く修平の体が動いた。下駄箱の上に飾られていた青銅製の花器を鷲掴みにして、男の前に進み出たのだ。十年前、結婚祝いにと、修平が銀行の上司から贈られた品だった。修平が花器を振りかざす。

「なッ⁉」

男の手が宙を舞った。その脳天めがけて花器が振り下ろされる。鈍い音を立てて男の頭《ず》蓋《がい》が砕け、鮮血が額から顎に垂れ落ちた。

男の瞳が宙に泳ぐ。半開きになった唇が何か言いたげに痙攣している。瞳孔が開き、やがて彼は自らの血の海の中に頭から崩れていった。まるでハードボイルド映画のワンシーンのような光景を、理恵子は口を半開きにしたまま眺めていた。

「お前が誘ったのか？　それとも無理やり犯《や》られたのか？」

修平が呻《うめ》くように同じ言葉をくり返している。その声を理恵子は虚ろな耳で聞いていた。

男のソテー、とろり蜜添《みつぞ》え

子母澤 類

著者・子母澤《しもざわ》　類《るい》
石川県生まれ。設計事務所勤務を経て、平成八年より官能作品を小説雑誌に発表、好評を博す。女性の色香と情熱の世界を艶やかに描く期待の女流新人である。著書に『金沢名門夫人の悦涙』『狂乱の狩人』『惑乱の輪舞』『祇園京舞師匠の情火』等。

1

夕食の客も退《ひ》けて、そろそろ店じまいをしようかという時だった。すらりとした細身のボディに、自社ブランドのスーツを小粋《こいき》に着こなした沙耶子《さやこ》が入ってきた。

「お腹すいたぁ。シェフ、何か食べさせてぇ……」

さらさらの髪を振り乱して、カウンターにへなへなと倒れ込む。

「あーあ、今風のいい女が、情けない格好だこと」

美紀《みき》は大げさに吐息をつきながら、冷蔵庫を開け、冷たいワインを出してグラスに注いだ。

「下積みはつらいんだから。今日は店が忙しくてお昼も食べられなかったの」

「あたしだって同じく夕食は今からよ。はい、まずワイン。カプレーゼがあるから先につまんでいて。ウニのパスタ作ってあげるから」

「美紀はいいなあ、小さいながらも銀座《ぎんざ》に自分の店を持ったんだもん。あたしなんか、独立なんて夢のまた夢」

愚痴《ぐち》りながらも、美紀の差し出すワインを受け取って喉《のど》をうるおすと、うっとりと至福の微笑《ほほえ》みを浮かべた。

「おいしい」

「うわ、エッチな顔。ベッドでイクときの顔みたいよ」

「あたしがアノ時に、どんな顔するか、見たこともないくせに」

笑ってから、沙耶子は小さなため息をついた。知的な美貌も疲労のせいか翳《かげ》っている。

美紀がオーナーシェフを務めるパスタ専門店「ブッタネスカ」は、銀座の裏通りにある。銀座といっても場末の古い雑居ビルの地下で、カウンターに椅子《いす》が七つだけの小さな店である。従業員もいなくて、厨房《ちゅうぼう》はもちろん買い出しから雑用まで、美紀がひとりで切り盛りしている。

沙耶子はカウンターに頬づえをついて、てきぱきと料理する女シェフをぼんやりと見ながら、またため息をついている。

「疲れてるのね。そんな時は男で癒《いや》すのよ」

「そういえば男なんてごぶさたしてるわ。仕事に夢中で男遊びどころじゃないもの。でもたまには激しいエッチでもして、疲れきった女の身体《からだ》を癒したいわ」

しっとりとした沙耶子の肌も、男日照《ひで》りのせいか乾いてかさついているようだ。

もちろん美紀の身体だって潤《うるお》い成分が足りない。この店を軌道に乗せることしか頭になくて、セックスの快楽などすっかり忘れていたのだ。

「あーあ、イタリアにいた頃が懐かしいよね」

美紀はゆで上がったパスタにウニソースをからめながらつぶやいた。

沙耶子とは、美紀がミラノのパスタハウスで料理修業していた時に知り合った。沙耶子はもともとデザイナー志望だが、銀座のデパートからバイヤーのアシスタントとして、ミラノへ派遣されて来ていたのである。

ふたりは知り合ってすぐに仲良くなり、異国で知り合った互いの男を紹介しあって一緒に遊んだりするようになった。そして時おり男を取り替えっこして、違う肉体を味見しあったものだった。

何しろミラノ滞在の期間は決められている。セクシーなラテン系の男たちがどんなふうなセックスをするのか、貪欲なふたりはいろいろ試してみたかったのである。

ミラノで沙耶子と知り合った頃に美紀がつきあっていたのは、日本人を専門にナンパしている胸毛の濃い男だった。情熱的なイタリア人らしくセックスはしつこかったが、美紀には物足りなかった。

「あのイタ公、ハンサムだったけどエッチはだめだったわ。立派な胸毛があるくせに、あそこが思ったよりも小さかったんだもん」

それを聞いて、沙耶子は顔を淫《みだ》らにほてらせ、忍び笑った。

「あら、あたしは良かったわよ。セックスのあと、美味《おい》しいパスタなんか作ってくれちゃって、ふたりで裸のままパクついているとまた欲情してきて……獣《けもの》みたいにセックスと食事の繰り返しだったわ」

美紀はカウンターに置いてあるズッキーニを手に取った。

「でもあいつ、外人なのにサイズは日本のきゅうりよ。あたしはこんなズッキーニみたいに大きいので、グサッとやられたいの」

「ふうん美紀は大きければいいのね……じゃとりあえず、ズッキーニにオリーブオイル塗って使ってみたら？　ピンク色の電動きのこよりも感じるかも」

「やめてよ、そんな侘《わ》びしいオナニーなんかしたくない。やっぱり男よ……ああ、こんなサイズの持ってて、イタリア人みたいにセクシーな男、どこかにいないかなあ」

美紀はズッキーニを放り出し、沙耶子の横に座ってパスタを食べ始めた。

「あそこが大きいってさ、どうやって見分けるの？」

沙耶子はフォークでズッキーニの方を差して聞いた。

「それがヤッてみるまでわかんないのよ。でかい鼻だからと思っても、あそこは小ナスだったりするわけ。そうそう、ムキムキした自信過剰の男ならばと思ってやってみた時は、さすがにまああのモノ持ってたけど、にわとりみたいに早漏だったの」

「あたしは大きさなんてどうでもいいわ。馬並の絶倫ってやつにあこがれてるの」

沙耶子はソースで口をぎらぎらさせ、男との痴態を思い出しているような恍惚とした眼差しでつぶやいた。

「でも馬並なんてぜいたくは言わないわ。せめてにわとりよりも長く持つ男、いないかなあ」

帰国して、美紀が銀座裏に店を出してから、沙耶子はデパートをやめて銀座のブティックに勤めはじめた。ランチタイムの時や仕事が終わってから、沙耶子は「ブッタネスカ」に毎日のように顔を見せにきて、店が忙しい時は手伝ってもくれる、よき親友になっていた。

「お客で、お勧めの男っていないの？」

美人オーナーシェフということで、美紀が雑誌に取り上げられてから、店の客のほとんどは男に様変わりした。しかも場所が銀座裏だけに、男の質も上等の部類が多いようだ。

「いないこともないけど……そうねえ」

その時、店をのぞく人影に気づいた。ブランド物らしい洒落たスーツを品良く着こなした若い男がふたり立っている。銀座の本社に勤務する一流商社マンで、残業の時、たまに食事に来る独身の男たちだった。

「まだやってる?」

もう店じまい、と言いかけた美紀の脇腹を、沙耶子が肘でつついた。

「ええやってます。どうぞ」

そう言って男ふたりを店に招き入れてから、沙耶子は美紀の柔らかな耳元で囁《ささや》いた。

「いい男がやってきたじゃないの……ほら、疲れた女を癒さなくちゃね」

2

ふたりの男のうち、美紀が選んだのは、長谷川《はせがわ》という背の高い細身の男だった。

貸し切りになった店で男たちはふたりの女に挟まれ、牛ヒレのサラダなどをつまみ、いい気になって高いワインを二本も空けた。

舌舐《なめず》りして雄を待ちかまえていた魅力的な女ふたりの前に、男はひとたまりもなかった。品よくふるまいながらも粘り気を含んだ媚態に、洗練されたエリートサラリーマンがデレデレと崩れていく様を、美紀と沙耶子はそれぞれ、甘く濡れた瞳で受け止めた。

先に店を出たのは沙耶子たちだった。茶目っ気たっぷりに沙耶子と腕を組んだ吉野《よしの》は、いかにも精力に満ちあふれた体格のいい男だ。

店を出る時、沙耶子がちらりと振り返ってウインクした。その顔は欲情の作用で妖《あや》しく輝いて、さっきの疲れた表情がウソのようだった。

「ふたりきりになっちゃったね」

長谷川は照れたように言った。

美紀は半分酔った目で、長谷川の大きな鼻を見ていた。経験上、あまり当てにはならないと思っているが、よく見れば、この男の親指も結構太くて立派だ。身体の末端が大きいということは、ペニスも大きい可能性は確かにある。

「これから飲みにいこうよ」

そう言いながら、長谷川は美紀の唇を奪った。唇を割って、ぬめぬめとした野太い舌がこじ入ってくる。

美紀は、男の舌の太さにゾクリとした。淫蕩《いんとう》さが漂うディープキスに、舌をからませあうそばから身体が熱く潤《うる》んでくる。ハーフカップのブラから膨《ふく》らんだ乳首が頭を持ち上げてきて、先端がシャツにこすられると、すっかり欲情モードに入ってしまった。

「んん……」

キスを続けながら、美紀は男の首に両手をからませた。ふたりの唇は淫らに吸いつきあい、にわかに鼻息も荒くなった。小さなパスタハウスはたちまち欲情の空間になり、唾液を啜《すす》りあう音がいやらしく響いた。

長谷川の手がシャツ越しに乳房を触り、てのひらで覆《おお》って握りしめてくる。

男の興奮を感じて、美紀は男よりも激しく興奮していた。

「あ……だめ、ここじゃいや……」

欲情はもう、沸点まで上昇していた。

官能を疼《うず》かせたまま、銀座に最近建てられたレトロなプチホテルに入り、オリーブオイルの匂いが染みついた身体をシャワーで洗い流した。

まだキスだけなのに、秘苑は思いきり濡れそぼり、花びらは充血して痛いほどだ。

バスタオルを巻いて出てくると、先にベッドに入っていた長谷川はまぶしげに目を細めて美紀を見つめた。

「色っぽいよ。オーナーシェフの時の顔とずいぶん違う」

「どんなふうに違うの?」

「たとえば……」

そう言っていきなりバスタオルを引き剝《は》がし、美紀の手を取ってベッドに引きずり込んだ。

「この胸だよ。華奢な身体なのに、こんなにたっぷりと豊満なんだから」

瓜のように実ったたわわな乳房をすくい取り、揉《も》みながら、乳首を口に含んできた。あの太い舌がヌラヌラと這《は》い回った。

「でかくて柔らかいなあ。いくらモミモミしても飽きないよ」

長谷川は乳房を揉みながら下方へと、ばんざいの姿勢でキスの雨を降らせながら頭を下ろしていく。

「いやらしい身体をしてるんだなあ」

長谷川は太腿のはざまをのぞき込んでいる。美紀はたまらなく劣情をあおられた。

「ああ、そんなに見ないで……」

恥ずかしそうに顔を横にねじ向けながら、そっと薄目を開けて、長谷川の腰の一物を窺《うかが》ってみた。

股間はすっかり太く成長していた。が、ものすごい巨根ではなかった。むしろ、普通よりも小さめかもしれない。

またも鼻のサイズと違っていることに内心がっかりしているうち、長谷川の頭は秘部を通過して、足の指をしゃぶりはじめた。

指の一本一本を細い魚が這うように、ちろちろと舌先が指の間をかいくぐる。

しつこい愛撫だった。美紀は頭がぼうっとしてきた。すると長谷川は足指を舐《な》めしゃぶりながら、なんと自分の足を伸ばし、自らの足指を使って花びらをいじってきたのだ。

「あ、ああん……」

「ウンッ……」

「まったく、なんて濡れようだ」

「あうう……だって……」

「いやらしい女だなあ。ほらほら、豆がぷっくり膨れてるぞ」

花びらの上端の敏感な芽を、器用な足先がソフトに転がしてきた。足の指を舐められながらいじられる妙な快感に、美紀は甘い声を上げた。

ねっとりと濡れた肉唇に、長谷川は足の親指を埋めてきた。意外にも太い指に、しとどに蜜を垂らした花びらがからみついていく。

「く……いやあん……」

延々と続く足指の愛撫に、身体が溶け崩れていきそうだった。早く本物の男をくわえこんで、生殺しのような愛撫から解き放たれたかった。

しかし、長谷川のいたぶりは、恐ろしいほどしつこかった。

足の指をやっと放してくれたと思うと、今度は美紀の内腿をぺろぺろと舐めあげてくる。膝の内側の白い皮膚は、たちまち唾液で濡ればんでいった。

しつこさがいやだった。しかも寄り道ばかりで肝心の場所には舌は届かない。こんないらいらする前戯は初めてだった。

「ああ、ねえ、何とかしてっ、気がおかしくなりそう……」

燃えさかる官能の波にどっぷりと浸されて、美紀は汗まみれになり、腰をうねらせながら頼んだ。

長谷川は美紀の反応を意地悪な目で追いながらも、焦《じ》らし戦法をやめようとしない。

「ひと思いにグサリと……お願いよ……」

だが、長谷川は意地悪な顔のまま、もだえる美紀のぷっくりした花びらの中に鼻先をつっこんできた。

「感じてきたな。獣みたいな匂いがするぞ」

くんくんと匂いを嗅《か》いでいる。牝《めす》の香りを堪能するように鼻を鳴らしてから、ようやくしこった秘粒を舌でいじくってきた。

「あっ……ううんっ」

耐え難いほどの快感が美紀を包んだ。赤い秘珠や緋色《ひいろ》のびらびらが、商社マンの手慣れた指につれて、わなわなと踊り出すようだ。

甘い感覚は確実に、美紀の身体に燃え広がっていく。

激情が取り憑《つ》いたような男の舌は、びらびらの隅々をていねいに舐め取り、代わりに唾液まみれにした。

「ああっ、いやああ……ああん」

秘豆なぶりの快感が濃すぎて、美紀は我を失った。ほっそりした足をわななかせながら快美感に衝きあげられていく。

「あ……ああっ……もうだめ……」

唇がだらんと開いた。秘部と同じように涎《よだれ》がつつーぅと唇の隅から糸を引いた。

「ああ、もうだめえ、我慢できない」

美紀は嗚咽《おえつ》まじりに叫んだ。身体中、手足の先まで粟立ってきて、心地いいのか不快なのかもわからない。ただあまりの執拗《しつよう》ななぶり加減に、泣き出したいくらいだった。

秘芯を舌が舞う。ぴちゃぴちゃと淫らな音を立てて、わざと美紀の耳に届くようにしているのだ。

「ああ、だめ……だめ」

さらに秘豆がこすられる。腰が砕けそうなほどの快感だ。

「だめえっ……そんなのしちゃだめっ」

激烈な快感がせり上がってきた。舌が挿入された。硬い舌だけでも、美紀の身体は大きくのけぞった。

「ほうら、いくぞ」

ぴーんと張った手足が弛緩《しかん》した時、突然にペニスが割り入ってきた。

一気に入ると、長谷川は声をしぼり、すぐに翔け上がっていった。

もはや、早いとか小さいとか大きいとかの問題じゃなかった。さんざんなぶり尽くされた後だけに、男根をくわえこんだ瞬間、妖しい恍惚《こうこつ》の波にざぶりと飲みこまれたまま、美紀はほとんど溺《おぼ》れて失神状態だった。

3

「それでどうだった？　予想通り、大きかった？」

沙耶子が興味深げに聞いてきた。新しい男をつまむと、男の味についてふたりで分析しあって情報交換するのが、イタリア時代からの習わしになっている。

美紀はオーブンから出した子羊を皿に取り分けて沙耶子に渡しながら、不機嫌に言った。

「あんな男はいや。気がおかしくなるほどしつこかったんだから」

「すてき……しつこいってどんなふう？　何回もするの？」

子羊のローストを手で持って歯でこそぎながら、沙耶子は貪婪《どんらん》な表情で聞いた。

「凄いったらないわ。本当言うと、いつ終わったのかもわかんなかったの。裏返してやると思えば、また表に返されて舐められたわ。さんざん疲れさせられて、眠っては起きて、起きてはヤッて、骨までしゃぶられたって感じよ」

「すごいわ……あの男、ひょろっとしてるくせにそんなにタフなの？」

沙耶子は心から羨《うらや》ましそうに言った。ファッションという洗練された仕事についているくせに、沙耶子はねっとりと油っこそうなセックスを好む。好色だがドライな美紀とは正反対だが、だからこそケンカもせずに続くのだろう。

もしお互い同じタイプの男を好きになったら、きっと男の取り合いで互いを爪でひっかきあい、罵《ののし》りあって、とっくに別れているだろうと美紀は思う。

「試食の結果、長谷川を沙耶子に推薦するわ。ところでそっちはどうだったの？」

子羊の骨を皿に投げ入れて、沙耶子は急にもったいぶって声をひそめた。

「それを言いたくて今日は来たのよ」

「そうじゃなくても毎日来てるくせに」

「まあ聞いてよ、吉野ってあの男、すごいの。大きいのよ。よほど自慢のモノらしくて、それでガンガン突かれるんだけど、あたしはだめ。何だかいつものエッチと違っててあまり楽しめなかったわ……」

興味を持った美紀は、厨房から出て、カウンターの沙耶子の横に座った。再び子羊の肉をしゃぶる沙耶子を見ながら、ひりつく喉にワインを流し込む。

「女が本当に味がわかってくると、あちこち舐められるより、大きいモノで下からグングン突き上げられるのが最高なのに……」

「あたしは男好きのオーナーシェフとは違うもん」

「あたしだって、男を骨までしゃぶる沙耶子とは違うわ。それにしても、沙耶子の好きそうな体育会系の男だったけど、絶倫じゃなかったの？」

「男って、ベッドでは見かけによらないものよね……愛撫はがさつだし、ズッキーニ大のアレは太すぎて、今もあそこがヒリヒリするくらいよ。絶対にあれは美紀がするべきだったわ」

ふたりは互いに顔を見合わせた。

「いいんじゃない、交換しよう」

4

美紀が吉野に電話をし、ふたりきりで逢ったのは、それから一週間後だった。

「まさかなあ、美人シェフが俺のことを思ってくれていたなんて、信じられないよ」

筋骨隆々の男らしく、フレンチレストランで吉野はいかにも精力が出そうなステーキを食べ、美紀の取った魚料理の半分も旨そうにたいらげた。その後、銀座の地下にあるモダンなバーで飲みながら、美紀は吉野を誘惑にかかっていた。

「あら、吉野さんは私じゃなくて、沙耶子が好きで店に来てくれてるんだと思ってたわ……」

わざと沙耶子の話をすると、吉野はムキになった。

「いや、そんなことないよ。俺は最初からシェフのことを……」

「ああ、うれしい」

そらぞらしい男の嘘に心の中でぺろりと舌を出しながらも、美紀は吉野の肩にそっともたれた。

男というものは、いくら寝たばかりの女の親友であろうと、女から誘われると股間を膨らませ、涎をたらしてやってくる。

このあたりはイタリア男とちっとも変わらない。

もちろん吉野の方は、沙耶子から推薦されたとは夢にも思っていないらしい。

「み、美紀さん……好きだ」

店を出てから、学生時代に柔道をやっていたという逞《たくま》しい男の厚い胸板の中に抱きしめられた。男の匂いを嗅ぎながら、美紀はこれからの激しいセックスを思い、すでにパンティを濡らしてしまっていた。

ほろ酔いのまま、ホテルのベッドに直行した。欲情を漲らせているのはふたりとも同じだった。

「ああ、そんなに見ないで……」

美紀は上気した顔で、喘ぎながら熱い吐息を吐いた。丸い乳房が毬《まり》のように弾《はず》んだ。

「もう少しだけ。な、見せてくれよ」

吉野は、つかんだ足首をさらに左右に広げてその中に頭を突っ込んだ。繊細な愛撫をする長谷川よりも、吉野の指は少し手荒だ。

だが何よりも美紀の目線はつい、噂《うわさ》の股間に流れてしまう。吉野の赤黒くそそり勃つ男根は、野蛮なほど大きく勇ましかった。美紀への欲望をたぎらせて、肉傘をむっくりと開いている。猛烈な充血を蓄えた男の印に、美紀はうっとりと見入った。

「そんなに見てるんなら、ついでに触ってみろよ？」

「だって……」

「ほら、これだ」

吉野は美紀の手を取って、下半身に誘った。美紀は真っ赤になりながらも、おずおずと肉棹に触れてみた。ずっしりとした確かな手応えがある。

「しゃぶってもいいよ」

「……」

「しゃぶってくれよ」

頼まれるまでもなく、美紀は吸い寄せられるように自分から男を含んだ。すぐに顎《あご》が疲れてしまうほど、太い輪だった。唾液で濡らして口に含み、ぬるぬると唇を滑らせると、吉野は甘い声を出してのけぞった。

「ようし、交代だ。ナメナメしてやろう」

大の字にされて、黒々と茂る秘毛を掻《か》き分けられていく。吉野はあぐらをかき、白い太腿の奥をのぞくと、二枚のヒダ肉の中から珊瑚《さんご》色の尖りを探し出してきた。

「この赤い珠、気持ちいいんだよな？」

吉野は舌の先でその赤い豆をつついた。

「ああ……ん」

とがりの面《おもて》を舌で掃かれて、美紀の花芯はとたんにくしゃみをするようにひくついた。

「いやあん……何だかオシッコが出そうになっちゃった」

「洩らしそうなほど気持ちいいの？」

急に覚えたかすかな尿意が、舐められるうちしだいに強くなってきた。長谷川のような繊細な男だと言いづらいが、恥ずかしいながらも正直に言えるような気さくな雰囲気が、この男にはある。

「ちょっとトイレに行かせて」

「美人シェフがオシッコするところ、見たいな」

「ばか、何言うの。そんなのだめよ」

「じゃ、トイレは行かせない」

吉野は意地悪く言うと、赤く充血した割れ目をめくりあげた。鮮烈な彩りの秘肉を晒《さら》しきって、尿道口を舌で刺激した。

「あ、ああ、だめ、だめだったら……本当に洩れそうなんだってば」

美紀は喉から声を絞りだし、錯乱したように頭をふり立てた。

「このままハメるのも悪くないな」

「ああだめ、許して、本当に洩れちゃう」

「男にいじられてお洩らしするなんて、めちゃくちゃ可愛いよ」

吉野はたぎり勃つ男根に右手をそえ、美紀の赤い裂け目を亀頭でこすった。美紀は必死で尿意をこらえながら、ぞくぞくして四肢を震わせた。

「お、オシッコさせてってばあ……」

そのとき、いきなり自慢の巨根を差し入れてきた。愛液に濡れた神秘の岩戸は、硬いとば口を開いて、雁首の太い部分を飲み込んでいく。

「だ、だめだってばあ……ああっ」

熱い沼地のような秘路に、肉柱が窮屈そうに侵入してくる。だがほとばしりそうなほどになってきた尿をこらえる美紀の膣内は、硬く弾力性があり、吉野の大きな肉傘を押し返そうとした。

「うわっ、これ以上入れないで、お願い」

美紀は真《ま》っ青《さお》になって頼んだ。だが吉野は構わず、火のような男根をぐいと埋めた。

「い、いやあっ……あ、オシッコが……」

叫びたてながら、美紀は腰をうねり舞わせ、のけぞった。痺れるような快感が秘芯から突き上げてくる。

吉野はガンともう一突きしてきた。いっそうきわどい刺激が美紀を襲った。身体から力が抜けた。

「だ、だめ、ひーっ、洩れるぅ……」

結合部分が、ふいに湯のような温かいものに浸された。もうこらえきれなかった。ほとばしる恥ずかしい液体は止めどもなくダラダラと流れてきた。

「ば、ばかぁ……とうとう洩らしちゃった」

一筋流れると途中で止まらなかった。どうしようもなく、美紀は手放しになって狼狽《ろうばい》の声をあげた。意識が遠のくほどの激しい羞恥だった。

「オシッコ洩らすほどよかったのかい？　こっちまで熱くなるよ」

「そんなこと言わないで洗いにいかせて」

「じっとしてろよ」

吉野は湯気が立ちそうなほど身体を上気させ、びっしょり濡れた下半身をさして嫌がりもせず、そのまま腰を突き動かしてくる。

美紀は羞恥と嫌悪が入り交じった声ですすり泣くだけだった。だがせつない泣き声は、しだいに恍惚の嗚咽に変わっていった。

5

「なんて言うか……すごく良かった……」

美紀は顔を赤らめながら、沙耶子に報告した。

「あらら、純情そうな顔しちゃって。やっぱり好みだったのね」

「みたい……身体が合うと好きになるものなのかしら」

「でかいアソコが良かったんでしょ。とにかくガンガンと下から突き上げてくれるのがね」

「うん」

美紀は素直にうなずいた。沙耶子はどんなことでも話せる相手だが、もちろん、オシッコを洩らしたなどと恥ずかしいことだけは告白できなかった。

「実はね、あたしもなの。今、彼にメロメロなの」

「彼って、しつこい前戯のあいつ？」

「もちろんよ……長谷川さんって最高、身体がとろけちゃった」

唇をだらしなく開けて、沙耶子は絶頂時の表情をしている。

お互いにひさしぶりの美味しい男だった。疲れて渇ききっていた女の身体は、海綿のように男の甘い言葉や愛撫をふっくらと体内に吸い取って、コラーゲンを注入したかのようなみずみずしい艶を取り戻していた。

それだけではない。性欲が満たされると、仕事への活力もさらに旺盛になった。たった一ヶ月の間に、小さなパスタ店はテレビで紹介され、また沙耶子もブティックでアシスタントデザイナーに抜擢されて、いよいよデザイナーとしての仕事を本格的に開始した。

そんな時、商社マンの彼たちに辞令が出たのである。

巨根の吉野は香港《ホンコン》へ、沙耶子の恋人である長谷川は北海道への赴任だった。

「一緒に来てくれないか」

将来有望なエリートサラリーマンのプロポーズだった。恋人たちの言葉に、ふたりはたいして悩みもせずに首を横に振った。

「だって、銀座の店の方が大事だわ。七席しかないボロい店でも、せっかくひとりでここまでやって来たんだから」

「あたし、ようやく認められてデザイナーへの道が開けはじめたの。今ちょうど一歩踏み出したところよ」

ふたりはあっさりと男を振り捨て、軌道に乗り始めた仕事に向かい、前より一層がむしやらに情熱を燃やした。

もちろん寂《さび》しかった。短期間でも本気で愛した男だった。仕事の疲れを癒してくれ、女として潤う肌を与えてくれる男は心から惜しい。

仕事が終わると、やっぱり美紀と沙耶子は店で男談義をしながら埋めようのない切ない心を紛らわせた。

男を捨ててから初めて、沙耶子が意気消沈した顔をして店に入ってきた。

「あたし、ちょっと困ったことがあるの」

「どうしたの、まさか妊娠したんじゃないでしょうね」

「あら、何でわかったの？」

「女ってさ、いつも一緒にいると生理の周期まで同じになるじゃない。それに、同じ時期にふたりの男を交換しあった仲なのよ」

「そうね。そんな美紀との仲だからこそ、真実を言うわ。計算があわないの。この子の父親は惚れた男じゃなくて、美紀の恋人の方みたい。初めに味見したあの夜、あたしったら吉野さんから子種をもらっちゃったんだわ」

「それでいいじゃない。ふたりで子供を育てましょうよ」

美紀はさらりと言った。

「許してくれるの？　あたしが美紀の好きだった男の子供を産んでも……」

笑い泣きのような顔をした沙耶子の細い身体を抱きしめながら、美紀はさらさらの髪を優しく撫でてやった。

「だっておあいこだもの。あたしの惚れた男の子供を産んでくれる代わり、沙耶子の好きな男の子供をあたしが産んであげるから」

沙耶子は驚いて顔を上げた。

「もしかして美紀も長谷川の子を？」

「あたしたち、同時に親友の恋人の子を孕《はら》んだのよ。大丈夫。働く女がふたりで助け合ってやれば、きっと子育ても楽しいわ……ね、これから仲良く暮らせそうね」

ふたりはひしと抱き合い、互いの腹をこすり合わせた。

悶《もだ》え嫁

北山悦史

著者・北山悦史《きたやまえつし》

昭和二十年、北海道士別市生まれ。山形大学文理学部中退。平成元年、第三回官能小説大賞受賞。現在、官能小説作家と気功師の二足のわらじをはく。『美少女転校生禁惑の蜜』『美母と少年』などの著書はサラリーマンに人気上昇中。

1

冬の日曜、夕刻のスーパー。

店内はかなりの混みようだ。今日一日のんびり過ごしたサラリーマンが妻に引っ張ってこられたような二人連れも多く、行楽帰りのような家族連れも多い。

同居している息子の嫁の明日美《あすみ》と来ている栗山《くりやま》駿矢《しゅんや》は、病院の見舞い帰りだった。

駿矢の妻の千佳子《ちかこ》が四日前に胆石の手術を受けたのだった。親指の爪大の薄茶色の石とサンゴ色の小さな石、エメラルドブルーに近い色に白い筋の入った、やはり小さいのと、三つの石が出た。

「三種類の宝石を作ってたの。今度は真珠でも作ろうかしら」

最近は胆石の手術も体を大きく傷つけないものになっているらしいが、術後の経過もよく、千佳子は見舞い客に〝宝物〟を見せびらかしたりしている。

西新宿にある広告代理店で働いている明日美が、有給を取って看病してくれた。有給、たくさんあまってるから、と明日美は言っているが、もともとはまとめて取って夫の聡史《さとし》と中国旅行をするつもりだったのは、駿矢も知っている。

恵比寿《えびす》の総合商社に勤めている聡史はプラント輸出の仕事に携《たずさ》わり、二カ月ぐらい前から中国に行っている。あと二カ月ぐらいはそっちにいるらしい。その夫と一緒に旅行を、と明日美は予定を立てていたのだ。

「こんなに食べる？　二人じゃ食べきれないと思うけど」

刺身でイッパイやろうと思っていた駿矢が明日美の提《さ》げているカゴに四つも五つもパックを入れるのを見て、明日美が笑いながら言った。

「そうか。じゃ、三つぐらいにしておこう」

どれにしようかと迷い、駿矢はパックを取り上げては戻しを繰り返した。そんな駿矢の手を、明日美はじっと見ている。せかされているのかと思い、駿矢は明日美を見た。ん？　という目で、明日美が駿矢を見返した。涼しげな奥二重《ふたえ》の目だ。ふっくらとした美貌を軽やかな栗色に染めたレイヤーの髪が囲っている。ワイン色のルージュを引いているぷっくりとした唇が開いた。

「お義母《かあ》さん、気持ちよがってたわね。お義父《とう》さんに背中撫《な》でられて」

「まあ、胆石が出来ないようにできたら、一番よかったんだけどな」

刺身のパックを一つ戻して駿矢は言った。

見舞いのたびに、駿矢は千佳子の体に手当てをしてやっていた。駿矢が今言ったのは、発病する前から手当てをしてやっていれば、そもそも胆石にはならなかっただろう、という意味だった。

自分の手が人の体のためになると駿矢が知ったのは、ほんの半年ばかり前のことだ。駿矢は私立高校で数学を教えているが、肩こりがひどい同僚の肩を揉《も》んでやったところ、これが素晴らしく効《き》いた。

駿矢としては「気」や「気功」というものの前知識も何もなく、その教師がたまたまそばにいたからやったというだけのことだった。しかし、長年肩こりに悩まされていたその教師は、駿矢の肩揉み三回で嘘のように悩みから解放されてしまった。

噂《うわさ》は学校中に広まり、昼休みなどは駿矢の前に列をなすほどになった。時節柄、女子生徒に手当てを施《ほどこ》すのは控《ひか》えたが、女の教師は希望でやってやり、頭痛、冷え症、生理痛など、女性特有の症状から解放された者が何人もいる。

「神の手」「癒《いや》し系」「気功師」と駿矢はニックネームをつけられたりしたが、みんなが言うように自分の手から「気」なるものが出るという考えには、駿矢自身、ついていけなかった。どこにでもいる数学教師ではあるが、科学者だという自負は持っていたからだ。

しかし、自分の手がいろんな病気を治しているというのも事実らしい。そうであればそれを研究するのも科学者として当然のこと。

そう思った駿矢は、片っ端からその手の本を買い込んで研鑽《けんさん》を積んだ。そして三カ月後には自分なりの方法論を身につけ、口にこそ出しはしないが、胸の内では「神の手」を自負するまでになったのだった。

「明日美ちゃんにもいろいろと世話をかけたから、背中のひとつも撫でてやらなくちゃならないかな」

嫁というよりも若い愛人みたいに寄り添って歩く明日美に、駿矢は言った。

「別にあたし、特別なことしてない」

駿矢を見上げて明日美はイヤイヤをするようにかぶりを振った。レイヤーの髪がなびき、プラチナのピアスをキラリと光らせた。

(もう二カ月、聡史のやつと会ってないんだしな)

駿矢がそう思ったのは「神の手」よりも胸の奥に秘めていることがあるからだった。そして今は、大義名分があった。

2

キッチンで食後の洗いものをしている明日美を、リビングの座卓から駿矢は呼んだ。

駿矢の前にはまだ刺身の皿が残っている。焼酎《しょうちゅう》のお湯割りを、駿矢はけっこう飲んだ。だが、欲望を実行に移すにはまだ飲み足りなかった。

「は?」

タオルで手を拭きながら明日美は顔を出した。ふっくらとしたその顔はほんのりと桜色に染まっている。駿矢にすすめられて、明日美もビールとウーロンハイを飲んだ。

駿矢は「ここに来て」と自分の脇を示した。ちょっと腰が引けた歩き方で明日美がやってきた。駿矢はグビリと一口やってから、座るように言った。

「背中、撫でてやるよ。お義母さんのお礼。お義父さん、酔っ払わないうちにな」

「えー、あたし、べつにぃ」

ショッキングピンクのデザイントレーナー、アイボリーイエローのミニスカート、すべすべとした白い脚の明日美が、胸を抱くしぐさをした。腕に押し上げられて、トレーナーの胸が風船のように膨らんだ。

この数日の病院通いで疲れているのはわかっている、と駿矢は明日美を見上げて言った。自分が疲れているかどうかより、義父を見下ろすようにして立っていることを気にしたように、明日美は駿矢の前に正座した。

スカートの裾《すそ》がお尻に取られ、蠟《ろう》を塗り込めた色合いの腿《もも》が半分も露出した。あと二センチずれれば、むっちりとした肉づきのその奥を、駿矢の位置からでも覗《のぞ》けそうだった。

そんなことは思ってもいないという顔をして、駿矢は後ろを向くように言い、座卓を押しやって十分なスペースを作った。

明日美は素直に従った。従うはずだと、駿矢は思っていた。駿矢がまだ食事を終えていないのに明日美がキッチンに立ったのは、それなりの理由があってのことだ。

「気」というものに敏感になった今の駿矢には、二カ月間夫に抱いてもらっていない二十八歳の嫁の肉体が、ある程度は読めた。

アルコールがそうさせたのだろうが、明日美の体からは、若い女のフェロモンとでもいうものが濃厚に漂っていた。リビングいっぱいに満ちていたといってもいい。

ひょっとしてそれと同じことが、明日美にもいえるかもしれなかった。五十五歳とはいえ駿矢もまだまだ現役。孤閨《こけい》を守っている肉体が男の匂いに敏感になっていると、いえはしないか。

「はい。まず、心からのお礼」

そう言って駿矢は、ショッキングピンクの背中に両手を当てた。当て方は強くしない。接触した時点で、気持ち、引く。そのほうがむしろ、施術される側は感覚が強くなるのだ。

「あ、熱い……」

背を反《そ》らして明日美が言った。明日美がそう感じて当然だった。さっきから駿矢は手のひらから息を吐《は》くやり方で準備をしていたからだ。

気功には「意気相随《いきそうずい》」という言葉があり、意識の行くところに「気」が行く、とされている。肉体の特定の部位に意識を置くと、そこに「気」が集まる、という意味だ。そしてその部位から息を吐くつもりの〝意念呼吸《いねんこきゅう》〟という呼吸法を繰り返すと、その個所が発熱してくる。肉体反応として血液が集まるので、そうなるのだが。訓練すれば誰でも容易にできるようになる。駿矢はそれをしていたわけだった。施術するときの駿矢の手のひらは四十二度まで発熱する。今は酒を飲んでいるから、もっと高いかもしれない。

ただ楽にしてればいい、それで、体も心も溶けていくからと、駿矢は言った。「体」と聞いた明日美がそれをどう受け取るかは、やはり今の駿矢には目に見えるようにわかった。

「気」というものは、多面的な情報を持つエネルギーなのだ。受け手の事情でどうにでも変化する情報、と言い換えてもいい。

今まで駿矢が手当てをしてきた同僚たちや妻などは、病気治療として受け取る。だから、病気やさまざまな疾患が治る。

もし被術者が性的に受け取るのであれば、間違いなく性的に感応する。駿矢が女子生徒に施術しないのも、そういう理由があってのことだった。

楽にするようにと言われた明日美の背がゆるんだ。駿矢は肩胛骨《けんこうこつ》の下に手をあてがった。ここにしこりのように疲れがたまる女は非常に多い。自覚していなくても、日常生活の疲労はたまっている。

はたして明日美もそうらしかった。背のゆるみ方がいちだんと深くなったのが、手のひらに如実に感じられた。

「気持ちいいだろ」

駿矢は肩胛骨のところから腰まで、たんねんに撫で下ろした。うん、とかすかな返事をして、明日美は腰をもぞつかせるような動きを見せた。

ここに疲れがたまっている、その疲れを下に流すんだ、と説明を加えながら駿矢は繰り返した。手は、徐々にお尻に触れていった。そのつど明日美は腰をうねらせるような反応を見せた。もう、予定のコースに乗っている。

「肩から流そう」

さらさらとしたレイヤーの髪を掻《か》いくぐり、駿矢は丸っこく肉づいた肩に両手を置いた。触り方は、最初と同じだ。

明日美がわずかに肩をすぼめた。くっ……というあえかな吐息が聞こえた。

3

駿矢は肩から背中、お尻までと、何度もていねいに撫で下ろした。親指で、背骨の両脇もなぞった。手のひらで背中を撫でるのに劣らない心地よさがあるはずだった。後頭部や首の疲れが、ここから下に流れていくからだ。

もちろんその説明も加えたが、明日美はろくに聞いていないふうだった。撫で下ろしが三十回も繰り返されたころには、快感にどろどろに溶けてしまっているようだった。その快感はいうまでもなく、性的なものだったろう。

優に五十回は繰り返してから、駿矢は肩から腕を撫でた。初めは肩口までだったが、徐々に距離を広げていき、肘から手首まで撫でた。これはもう、愛撫というしかない撫で方だ。

（かわいいな、明日美ちゃんは）

と心の中で言いながら駿矢は施術していた。情報である「気」は、受け手の明日美だけでなく、駿矢の側からも明日美に流れていっている。今のこの撫で方を愛撫といわないとしたらかなりの無理があり、ほとんど嘘といっていい。

脚の疲れも取ってやるからと、駿矢はうつぶせになるように言った。満足に返事もできない状態で明日美は両腕に顔をのせ、クリーム色のカーペットに伏せた。

丸々と肉の乗ったお尻をスカートがおおっている。明日美は腿をぴたりと合わせているが、お尻の下部、腿の付け根のところは悩ましくくぼみ、その中を覗いてと誘ってでもいるかのようだ。

駿矢はアキレス腱のところをやんわりと握り、軽い圧迫を加えた。明日美が、お尻をもこっとさせた。もう、感じているのだ。

それを知った駿矢自身、胸を掻きむしりたいぐらいの興奮に見舞われた。心臓が張り裂けそうに打ち出した。ある程度酔わなければできないと思っていたのだったが、もっと控《ひか》えるべきだったと後悔した。

ゆっくりとした呼吸でみずからの気持ちを静めながら駿矢はアキレス腱ほぐしをしばらくやり、それから形よく張ったふくらはぎに手を這《は》わせていった。

駿矢は若くぷりぷりとした感触のふくらはぎを撫で、小刻みなバイブレーションを与え、さらになだめるような叩き方をした。静めようとした拍動はさらに烈《はげ》しくなっていったが、もはやそんなことにかかずらっていることはできなかった。

明日美は身を完全に駿矢にゆだねたようにじっとしている。高まる性感を必死でこらえているようでもあったが、もしかしたら気持ちよさのあまり、眠ってしまったのかもしれなかった。それならしめたもの、やりたいことが存分にできる。

「気持ち、いいかい」

眠っているとしたら起こさないようにと、駿矢は小さい声で訊いた。

「ん……気持ちよくて、なんか、眠っちゃいそう」

「眠ってもいいよ。終わったら起こしてやるから」

眠れ眠れと念じながら、駿矢はたまらない手触りのふくらはぎを触りまくった。そして膝《ひざ》立ちになると明日美の脚をまたぎ、むっちりとした白い腿に手を移した。

腿の感触は、ふくらはぎとはまた違っていた。その肉づきはとてつもなく柔らかく、生肌に指が埋まってしまいそうだ。特に内腿の柔らかさというと筆舌に尽くしがたく、しっかり口を結んでいないと涎《よだれ》が滴《したた》ってしまうかと心配されるほどだった。

駿矢は腿にも、ふくらはぎ同様の施術をした。実際はずっと手の込んだ愛撫だったが。

明日美は、眠れはしないようだった。反応を示したからだ。お尻をきゅっきゅっと締めているのが、スカートの動きで見て取れる。

(感じてるぞ。明日美ちゃん、感じちゃってるぞ)

いよいよ駿矢は興奮した。ズボンの中で肉幹は痛いほど突っ張っている。亀頭に、ぬるま湯のような湿り気が感じられた。先走りの淫液が、だいぶ前からにじみ出しているようだった。

感じてしまっている明日美は、自分でそうしているのを知っているのかどうか、お尻の妖《あや》しいうごめきを繰り返している。表面上は、自分はなんにも知らない、ただ、気持ちいいだけ、というふうだ。

眠ったふりをしているつもりになっているのかもしれない。それは、もっといろんなことしてもいいわ、という誘いでもあるだろう。駿矢は狂わんばかりに高ぶった。

肉厚の太腿に軽い圧迫を加えながら、駿矢はそっと顔を落とした。秘めやかなひきつりを見せているお尻に鼻を最接近させて、匂いを嗅いだ。

鼻も脳みそもとろけてしまうかというかぐわしい蜜の匂いだった。それが普通の状態の女の匂いでないということぐらい、駿矢にはわかった。

(濡らしてる……明日美ちゃん)

思いきりかぶりつきたかった。スカートの中に手を突っ込み、ショーツの中に指を差し込み、ソコをくじっても、明日美は拒みはしないと駿矢は思った。しかしさすがに、それはできなかった。

4

前もするから仰向けになって、と駿矢は言った。明日美はもちろん眠ってなどいなかった。「前」というのをどこと思ったのかはわからないが、明日美はのろのろとした動作で仰向けになった。

お尻を浮かしかげんにしてそうしたので、スカートの裾はずり上がり、かつ、明日美が腿をわずかに開いているので、少し顔を下げれば秘密の奥まりを覗くことは容易だった。

仰向けになった明日美は、きつく目を閉じていた。その目のまわりがうっすらと色づいている。酔いのせいで桜色に染まっているのとは異なった色合いだった。

異常な高ぶりが駿矢に襲いかかった。心臓は、口から飛び出してしまうかというぐらい烈しく打ち狂っている。駿矢は足首に両手をのせた。

足首に軽い圧迫を加えるようにして、駿矢は顔を下げた。真っ白い腿の奥が覗けた。ぬくぬくとした感じのチェリーピンクのショーツの三角形が目を射た。

(明日美ちゃんの……!)

ぐぐっ、ぐぐっと、下腹部で射精に似た轟《とどろ》きが生じた。

チェリーピンクの三角形は、こんもりと膨らんでいた。両サイドは鼠蹊部《そけいぶ》にくっきりと食い込んでいる。膨らんだ中央部には、うっすらとした翳《かげ》りがうかがえた。

（ああ、明日美ちゃんの……）

そこに目を釘づけにして、駿矢は膝に手を這い上げた。膝を包む肉はまた柔らかく、乳房でも愛撫しているような手触りだ。

明日美はじっと目をつぶっている。無理をしてつぶっているのが歴然としていた。唇は口づけを待つように、いくぶん突き出している。それは明日美の緊張を示しているのだろう。

駿矢は膝の上に手を滑らせ、やんわりやんわりと揉み込んだ。乳房を愛撫する手つきだ。おっぱいを揉んでいるんだよと、心の中で明日美に訴えている。明日美自身の内的欲求と駿矢からの働きかけで、明日美はいよいよ肉欲を高じさせているはずだった。高じているのは駿矢とて同じこと。もはや引き返し不能。駿矢は、あごが腿に触るぐらいに顔を伏せた。

盛り上がった三角形が大写しになった。薄い布地を通して秘毛の網が透けて見えている。それだけではなかった。スカートの上からお尻の匂いを嗅いだときとは天と地の開きの淫臭が、駿矢をしたたかに撃った。

（明日美ちゃんの、そこの匂い……）

グラグラと、めまいがした。その〝そこ〟は、顔から三十センチと離れていない。むっちりと肉の乗った太腿に指を埋め込みながら、駿矢は顔を近づけていった。

淫臭が密度を増した。甘ったるい匂いに、まぎれもない湿り気が感じられる。まだ顔はスカートの裾にも触っていないが、スカートの中に顔を突っ込んでいるようにも思えた。

駿矢は、鼠蹊部に手を向けると見せかけて、その手を膝に戻した。膝のほうに明日美の意識を向けようとしたのだった。丸っこい膝をしっかりとつかみ、駿矢はスカートの秘部の部分に顔を落とした。

「んっ……」

抑えきれない感情が喉から噴き出すような声を、明日美が漏らした。駿矢は動きを止めた。顔はスカートにのっている。かすかな接触だが、恥丘の膨らみ具合と両鼠蹊部のせめぎ合いの形状を感じ取ることはできた。

その声を漏らしただけで、あと明日美は声を出さなかった。体のどこを動かすでもない。拒絶のしぐさもない。変化といえば、駿矢の手のひらと指全部が押し当てられている膝と腿が、じっとりとした汗ばみを見せていることだ。しかしそれは、駿矢自身の汗かもしれなかった。

駿矢は、ゆっくりと息を吸った。若い嫁の発情した匂いが体中に広がった。きばりきった肉幹が、射精真っ最中のような痙攣《けいれん》を起こした。

ひくり、と明日美は腿をひきつらせた。体の奥のわななきがそこに出たような印象を、駿矢は持った。自分と同じ現象が明日美の中で起こっていると、感じた。

(明日美ちゃん、このままじっとしてるんだよ……)

手のひらからの情報でそう訴えかけ、駿矢は顔の接触を強めた。もこっとした恥骨が、口と鼻の左側、頬の内側に触った。もう、たまらなかった。

駿矢は嫁の恥骨に頬ずりした。恥骨の向こう側の柔らかい肉と恥骨から恥肉へと移る悩ましい湾曲が、それこそ目に見えるように感じられる。

「……いや……」

と、明日美が言った。その声を耳にしたかどうかで駿矢は顔を上げていた。

何食わぬ顔で膝と腿を撫でた。すねにも手を這わせ、足首を揉み、足の甲を握り込んで、リズミカルな圧迫を与えた。

はあ……と、明日美がやるせなげな吐息を漏らした。花びらのような唇はゆるんで白い歯を覗かせ、心なしか小鼻も膨らんでいる。駿矢はぎゅっぎゅっと足の甲を握り込んだ。

あ、あ……と、明日美は甘い吐息を連続させた。口はもう、閉まらない。鼻の頭に汗の粒が噴き出している。瞼はひきつり、目をつぶったままでまばたきをするような動きを見せている。

施術するふりをしながら駿矢は脚を開かせた。今までぴったりと合わさっていた白い内腿は薄皮が剝がれるようにして離れ、細い帯状のショーツの恥部を駿矢に見せた。

濡れていた。その、はずだった。チェリーピンクの舟底は、色を濃くしている。内部にはどっぷりと、蜜がたまっているだろう。

駿矢は、足首から手を這い上がらせていった。すね、膝、腿と過ぎ、そのままスカートの中に差し込んだ。しっとりとしたなめし革のような内腿から濡れた舟底に向かおうとするとき、明日美が腿を閉じた。

「いや……」

「ほぐしてやるよ。お義父さん、ほぐすのうまいんだ」

「いや……だめ……」

充血した目で駿矢を見つめて明日美はかぶりを振った。濡らしている明日美は拒否はしないと思った。いや、できないだろう。体が、求めているのだ。

「目をつぶってなさい。そのほうがいい」

「……怖いもの……」

「何も怖いことなんてない。お義父さんは明日美ちゃんの体をほぐしてやるんだから。それだけだよ」

閉じ合わさった内腿の合わせ目に沿って駿矢は指をすすめた。あわてたふうに、明日美は目を閉じた。

5

駿矢はすねとすねとの間に膝を割り込ませた。わずかな抵抗を見せたが、明日美の脚は開いた。それはすでに明日美が許したことを意味していた。

駿矢は温もった内腿から鼠蹊部へと手を這い上がらせ、さらにすすめてショーツのゴムに指をかけた。カーペットに落ちている明日美の手が硬直した。

ショーツは、全体が湿っているような感じだった。が、引っ張ってみると、乾いた肌を乾いた布地が滑るように、意外と楽に剝《む》きはがれた。

チェリーピンクのショーツを膝まで下げ、駿矢は腿をいとおしく撫でさすった。明日美はカーペットに爪を立てている。駿矢はふっくらとしたおなかまで手を這わせ、そして陰《いん》阜《ぶ》を囲うようにして引き戻した。

まあるく盛り上がった陰阜に、あわあわと秘毛が茂っている。上から下にこそぐようにして、愛撫した。秘毛は、縦長に細く生えているようだった。

「お義父さん、だめ……」

濃い桃色に顔を発色させて明日美が言った。目は閉じたままだ。今や鼻の頭だけでなくひたいにもうっすらと、汗の粒が浮かんでいる。

「ほぐしてやるよ、お義父さんが。な」

駿矢は手首を浮かしてスカートの裾を上げた。駿矢の両手が囲っている白い陰阜に、黒々とした秘毛が見えた。駿矢はスカートをずりやった。

抜けるような白さのおなかだった。鼠蹊部のくぼみが艶めかしいY字形をなし、その上と下部に、二十八歳の嫁の肉づきがある。秘毛は細長く生え、上のほうはイチョウの葉の形に広がっていた。

秘部を暴かれても明日美は何も言わなかった。ショッキングピンクのトレーナーの胸が、大きく波打っている。駿矢は秘毛にそっと口をつけた。

開かされている腿を、明日美は細やかにおののかせた。ぬちぬち、という反応を駿矢は感知した。口をつけているところの奥が奏《かな》でたものだろう。

駿矢は口を突き出して秘肉をこそいだ。秘肉は分厚く、切れ込みの深さを思わせた。ぬちぬち、という反応が顕著になった。

「お義父さん……だめ」

泣き声にも似た震え声で明日美が言った。駿矢は応えずに口を左右に動かした。ぬめった粘膜の反応はいよいよ強まった。駿矢は唇をとがらせた。果肉の切れ込みと、その奥にある肉のうねが感じられた。

明日美が、腰を浮かした。駿矢は、肉のうねを横なぶりするように口をつかった。明日美が恥骨をせり上げた。駿矢は舌を突き出した。しょっぱい味のする粘膜に舌先が沈み、こりっとしこった肉粒を圧迫した。

「ううっ……」

カーペットを掻きむしって明日美が呻き声を上げた。駿矢は肉粒を繰り返し圧迫した。明日美が駿矢の頭に手をかけてきた。

「お義父さん、苦しい」

それにも応えず駿矢は舌をつかった。しこったクリトリスを横なぶりし、舌の裏でなぞり、舌先でえぐり上げた。

「あっあ、お義父さん、あたし苦しい」

「お義父さんがな、お義父さんが楽にしてやるよ。明日美ちゃんのこと」

顔を上げて駿矢は言った。明日美は山のような胸をうねらせて悶《もだ》えていた。それを見ながら駿矢はショーツを引き下ろした。明日美は身悶えするのが精一杯か、されるにまかせている。

駿矢はショーツを抜き取った。返す手で、手早くズボンとブリーフを脱ぎ捨てた。気配で知ったのだろう、明日美は両手で顔をおおい、腿をせばめた。駿矢は腿を開かせ、間に膝を割り込ませた。

「大丈夫だ。黙ってれば誰にもわからない」

「あ……あたし……知らない」

「大丈夫。黙ってれば誰にもわからない。お義父さんは一生、秘密にしてる」

「あたし……あたし……知らないから」

「明日美ちゃんは秘密にしておけないのかな。そんなこと、ないよな」

駿矢は腰を落としていった。きばり勃つ肉柱は今にも快楽の液を噴き上げんばかりにいないている。

亀頭がぬちょりと恥肉に沈んだ。駿矢は腰をすすめた。亀頭は恥肉を歪み返して埋没した。

が、膣口にはまったわけではなかった。分厚い花弁に包まれただけだ。予想以上に明日美の恥芯は深かった。

「あ、あ……お義父さん、いや……」

両手で顔をおおっている明日美が、肘の内側に乳房を盛り上げてイヤイヤをした。駿矢は腰を下げ、膣口を探った。果蜜に濡れ潤んだ奥まりに、ぽつっとした肉の穴があった。

駿矢は明日美の両肘と腕、肩をかかえ込み、禁断の甘肉を犯した。亀頭と亀頭冠、亀頭のくびれに、肉襞がまつわりついてきた。一度引いて粘液をなじませ、そして駿矢はずっぽりとはめ込んでいった。

「いや……あ、あ、あー、お義父さん、いやいや……」

口ではそう哀訴する明日美は、しかし顔から手を離すと、駿矢の首を抱き込んできた。

駿矢は明日美の顔を両手で囲い、自分を見させた。明日美の目にはうっすらと涙が浮かんでいる。それは非難や自責の涙ではなく、肉欲の高ぶりそのものだった。

「いいかい。誰にも言うんじゃないよ。言ったりしたらお義父さん、怒るぞ」

「あたしだって怒るもん。みんなに言いつけてやるから」

肉欲に高ぶった瞳にすねるような悩ましさを見せ、明日美は言った。駿矢は花びらのような唇を奪った。ん、んん……と、明日美は満ち足りた呻き声を漏らして応えてきた。

とろりとした唇を味わいながら、駿矢はトレーナーの裾をずり上げていった。ブラジャーを押しやり、むんむんと肉づいた乳房を暴いた。淡いサンゴ色に発色した乳首がそそり勃っている。

ふと駿矢は、妻の千佳子の胆石の一つを思い出した。似たような色合いだった。思いきり背をたわめて駿矢は乳首を吸い取った。

「んんっ、あっ、お義父さん！」

歓びの叫びを上げ、明日美は胸をうねり返らせた。肉の歓びは、はるかに明日美のほうがまさっているのかもしれなかった。駿矢の頭といわず首といわず肩といわず掻きむしり、明日美は逞《たくま》しい動きで腰を揺すりだしていた。

肌の取引

みなみまき

著者・みなみまき

東京生まれ。陶芸家を目指しての修行中に、その資金調達のためアルバイトで始めたライター業に魅力を感じて官能小説を書き始め、作家となる。その内容のハードさ、アイディアの斬新さには定評がある期待の女流である。著書に『女子医大生　秘唇の合鍵』ほか。

1

汗ばむ夜だった。

瑞枝《みずえ》はフウッと息を吐《は》き、体を反転させた。

薄もののナイティーがまくれあがり、むっちりとした腿《もも》にシーツが悩ましくこすれた。

今年、瑞枝は二十九歳になった。このごろの瑞枝は自分の体を持て余している。全体に一皮剝《む》けたような、なまめかしさが体に備わってきた。

夫の哲雄《てつお》は仕事で疲れているのだろう。瑞枝の横で規則正しい寝息をたてている。

瑞枝の手はもどかしげに毛むらを掻き撫でている。

（ああ、したいっ！）

そう思った時、それなら、すればいいんじゃないかと瑞枝は笑った。横には何しろ夫がいるのだから。

「ねえ……」

瑞枝は甘い声を出して、夫の腰の前をいじった。

パジャマのズボンの前をずり下ろし、ゴワゴワとした陰毛地帯に細い指を潜《もぐ》らせてみた。考えてみると、夫のこの部分に手を伸ばしたのは久しぶりのことである。

夫の哲雄は三十代の半ばで、事務機器の会社の営業をしている。瑞枝も元は同じ会社にいて、つまりは社内恋愛である。二人とも支店勤務だったが、事務機器会社の支店などというものは女子社員が少ない。だから瑞枝は大事にされ、職場の華《はな》でもあった。哲雄はやや、だらしのない性格で、それが瑞枝にはなぜか魅力的に見えた。

結婚してから、哲雄に借金があることが分かった。瑞枝の貯金で清算をしての新婚生活だった。けれども、夫は瑞枝を可愛がってくれたからそれで帳消しの気分だった。瑞枝は性にウブで、それが哲雄にはめずらしかったのだろう。いろいろなやり方を瑞枝の体で試し、瑞枝は瑞枝で少しずつ喜びを覚えるようになった。

今も夫は瑞枝を大切にはしている。しかし、哲雄には女の影がちらついている。時折行くスナックの女だろうと思う。長くは続かないのだが、こまめに、女に手を出すところがある。そうした、女にだらしない面も含めての全部が好きなのだから仕様がないのだろうか。

(この人のモジャついたところが好き)

瑞枝の手が夫の群れ毛をまさぐる。

こうした大胆さは結婚してから覚えたものである。

瑞枝は薄く笑い、「ねえ……」とすり寄って、哲雄の足に自分の足を絡めた。瑞枝のパンティーはもうずり下ろしてある。もつれ、絡まるような群れ毛を夫の腰にこすりつけ、瑞枝の手は夫の部分をあやしにかかる。

ウーンと声をあげて哲雄が反応をした。

「バアカ。疲れてんだよ。やめろよ……」

うっとうしそうに言うが、腰のものは兆《きざ》しを見せている。酷《ひど》いわ……、と不意に思った。

結婚する前の瑞枝は……。

(こんなにいやらしい女じゃなかったわ)

そんな思いが瑞枝のほうにはある。

夫は瑞枝にとって二人目の男だった。

(この人は女の体を良く知っている)

そんなふうに思ったものだった。つまり、夫は瑞枝の体に熱心だったのだ。

それがどうして、こうも、冷たく出来るのだろうか。

(まあ、いいわ)

ククッと笑って、瑞枝の手が夫のモノを熱心にいじり回す。この男はたまに他の女にフラフラするが、結局は瑞枝のところに戻ってくる。

（これは私のもの……）

ふいにその思いがこみ上げてきて瑞枝は顔をその先端部に寄せた。異臭がほのかにして、瑞枝はそのなまなましい匂いに誘われた。

「ねえ……」

甘ったるい声を出して、瑞枝の舌がそのモノを舐《な》め回し始める。唾液でネットリと濡れてきた頃、肉根にも太い芯が通った。夫がはっきりと目覚めたらしい。

「何やってんだ……。お前、馬鹿か……」

哲雄の苦笑する声が聞こえた。それでいて、されるがままとなっている。

「だって、何だか……」

「何だかって、何だよ」

瑞枝の中にはいろいろな思いが渦巻いた。だって、このごろしてくれないじゃない。あるいは、もっと奥の部分では、この結婚って何だったのという不満まで……。

何か熱くなるものが欲しいのだけど。体が溶《と》けそうなほどの何かが欲しいのだけれども。

「あっ……」

いきなりのまぶしさに瑞枝は視線を上げた。哲雄がナイトランプの明かりを点《つ》けたのだ。

「おい……。気分、出ちゃったじゃねえか」

低い声がして、夫がだるそうにトランクスを脱ぎ捨てた。照明を点けたのは、自分のモノがどのように瑞枝の口に吸い込まれるかを目で愉《たの》しみたいからだろう。

「仕様がねえな……」

などと言うが、夫の腰は微妙に揺れて、やがては積極的に腰を持ち上げてくる。

「むうっ……」

哲雄は快楽を倍加させる為に、股を開いて、そのゾーンを吊り上げるように動かし始めた。これは夫が感じている時のクセだから、瑞枝は嬉しくなった。

はしたないが、(ヤル気になったんだわ)と、瑞枝は夫の手を自分のモノに導いた。

夫の五本の指が汁を引き回した。その指が核に触れ、あれこれといじる……。

(ああ、いいっ……、これ、好きっ……)

夫に触らせながら、瑞枝の口は夫の亀頭に被《かぶ》さり、その粘膜のフードが夫のモノに覆いをかけていく。

久しぶりの肉の味に瑞枝の頬はカッと熱い。

「ベロベロに舐めてくれ……」

しきりに腰を浮かしながら哲雄がそんな要求をする。

瑞枝の中には、（しめた！）という思いがある。夫が本気になったらいろいろとしてくれる。

瑞枝も本気になって、頬をすぼめたり膨《ふく》らませたりして顔を上下に滑《すべ》らせた。

「むう……むむっ……」

夫が息を荒げ始め、腰をしきりに持ち上げてくる。肉根の中心部を勢いのあるものがせり上がってくるのが分かり、瑞枝は身構えた。このぶんだと、オーラルだけで終わるかもしれない。けれども、今は真夜中。瑞枝もオーラルをしてもらえれば火照《ほて》りは鎮《しず》まるというもの。

夫は無言で瑞枝の口の中に熱液をほとばしらせた。

口で受け、夫が腰を離すと同時に、ティッシュを口に持っていく。ドロリとした液をティッシュに吐き出す。

（さあ、今度は私の番だわ……）

久しぶりに舐めてもらえる。

だが、哲雄は満足したのか、「拭《ふ》いといてくれ」と言い放ち、そのまま寝入ってしまったのである。

（嘘っ！）

瑞枝は唖然《あぜん》とした。生身の体は疼《うず》いて、オンナのあの部分がヒクヒクと動いているのに……。

「もう、馬鹿っ」

乱れたシーツの上で体をドサッと放り出した。

2

その瞬間はスッと血が引く感じがする。

手の中にはシルクの小さなスカーフが握りこまれたままだ。高価な、デパートにあるような代物《しろもの》ではない。安物のつまらない絵柄のものだった。

盗《と》った瞬間、血がスッと引いて、次には体がカッと熱くなってくる。スカーフは今、バッグの中へと移動している。薄いワンピースの下で体が汗ばんでいる。

瑞枝は息を弾《はず》ませ、足を早めた。

万引き……。それが瑞枝のストレス発散のはけ口だった。

初めてこのイタズラをしたのは一年ほど前のことだ。

哲雄に女の影がちらつき、いらいらし始めた頃のことである。フッと、デパートでハンカチをかすめ盗ってしまい、そのままトイレに駆け込んだ。

その時の思いは恐いというよりは、スリルだった。

(やっちゃったわ)という奇妙な充足感があって、その後で、体がカーッと熱くなった。

腰のあたりがおもったるくなって、瑞枝はたまらず手を陰毛の間に這《は》わせた。すると、途端に腰椎まで痺《しび》れたようになって、その場にしゃがみこんでしまったのだった。

それ以来、たまにだが、衝動に襲われると瑞枝は万引きをするようになった。しかし、デパートでは何だか恐い。それに、別に高価な品物をかすめ盗りたい訳でもない。だから このごろではスーパーでやるようになった。

さすがに普段利用している店は気が引けるので、二駅離れたスーパーへと足を運んでいる。

といっても、正確に言えば、完全な万引きではない。

なぜなら、瑞枝がかすめ盗った商品がその店の外に出ることは無いからだ。

それは最初のデパートの時もそうだった。トイレのゴミ箱に商品を捨ててスッキリとした顔でデパートを出たのだった。それは今も同じである。だから。

(別に万引きではないわ)

と、自分に言い訳が出来る。単なるゲーム。刺激を求める私のちょっとしたイタズラだ……と。

体がカッと熱くなった瑞枝は、そのまま、店の階段を上がって、三階の隅の女子トイレへと入った。

このトイレは穴場なのか、滅多に人が入ってこない。

駅の近くのスーパーだが古びて時代遅れの店である。

店員にも覇気《はき》が無く、全体にゆるんだような空気が漂っている。

トイレの個室に入ると、瑞枝はスカーフを出し、頬にソッとあてがった。安物だが、柔らかい感触に身震いがする。体が汗ばみ、乳首がきりきりと痛い。ムッと群れた陰毛のあたりがしきりに疼いた。

瑞枝はパンティーをずり下げようとして、その手を止めた。フッと別の考えが浮かんだのである。

(このまま、品物を外に持ち出してみようか……)

一度くらいやったっていいんじゃないと思う。たった一度だけのこと。きっと凄いスリルだろう……。自宅に帰って、興奮を引きずったままの体を思うさま慰《なぐさ》めてみたい。思いつくかぎりの趣向を凝《こ》らしたっていい。

瑞枝はこの思いつきに飛びついた。

火照った顔のままでトイレを出て、階段を降りる。そのまま、スーパーの外に出た。外はムッと熱く、気温が上昇している。この時……。

「お忘れですよ」

肩を摑《つか》まれ、瑞枝はドキリとした。振り向くと男がいて、その男がうっすらと笑っている。勝ち誇ったような顔である。男の手に力がこもる。

瑞枝はその笑いで何もかも察した。

(警備員だ……)

体を固くし、棒立ちとなった。汗ばんだ腿と腿がスカートの中でこすれた。瑞枝はストッキング無しである。

「お忘れですかねえ。レジを通ってないでしょ。そのバッグの中のスカーフ」

男の目が瑞枝の手にしているバッグを見ている。トートバッグの中に、値札のついたスカーフがふんわりと入っている。瑞枝は慌てて口走った。

「あら。やだ。私、レジに行ったつもりだった……」

「駄目だね。あんた、常連じゃないか」

「えっ……」

「あんたみたいのがいるんだよ。万引きもどきのことをして、品物を店の中に捨てる。店の外には持ち出さないから、こっちも見て見ぬフリをしてたけどね。今回は駄目だよ。あんた、外に持ち出したんだから」

有無を言わせぬ声だった。

「ともかく、ちょっと来てくださいよ」

うながされて、裏口のようなところに連れ込まれた。途中ですれ違った男性店員が瑞枝を好奇の目で見た。

「キウチさん、頑張るね。今月はノルマ達成かな」

店員が瑞枝の体を舐めるように見た。

ノルマ……。瑞枝は顔が上げられなかった。万引きを捕まえるのにもノルマがあるのだろうか……。

地下の薄暗い部屋に通された。窓の無い部屋で、倉庫の隅にある部屋だった。裸電球がぶら下がっている。冷房が無いので蒸し暑かった。汗で体がびっしょりである。

畳の部屋であることに気付いて、瑞枝は動揺した。こんな場所で取り調べをするのだろうか……。

サンダルを脱いで畳に座らされる。

部屋の中でバッグの中身を全部出した。値札のついたままのスカーフがクシャッとしている。化粧ポーチや財布、ハンカチまでが男の目にさらされている。財布の中には婦人科の診察カードが入っている。それを見られてひどく気恥ずかしい。

「あんた、奥さんみたいだな。ご主人は何してるの」

ハッとして顔をあげた。

「夫には言わないで。内緒にしといて！」

「ほう……。まあ、普通はそう言うよね。もちろん、それでもいいんだけどね……」

男は身分証を見せた。木内《きうち》という名前が目に飛び込んでくる。保安員と横に印刷してある。四十代ぐらいの男だ。ずるい目をして、ニヤーッと意味有りげに笑う。

「奥さん、俺は保安の請負なんだよ。分かる？　その意味が。つまり、あんたの処分は俺が決める。まあ、お茶でも飲んで。そんなに固くならなくてもいいよ」

木内が笑って薄い茶を入れた。瑞枝は仕方なくその茶を飲んだ。ぬるくてなんの味もしない。

木内が雑談を始めた。おぼろげながら男の身分が分かった。保安、つまりは万引きを捕まえていくらの請負なのだという。「今流に言うとフリーってとこかな」と、うっすらと笑う。警備会社から派遣されるのではなく個人として契約するようだ。雑談をしているうちに瑞枝の緊張が少し解けた。許してくれそうな気配である。

「暑いな……」

木内が半袖のシャツの前ボタンをいくつかはずした。

分厚い胸板に汗が浮いている。瑞枝はゴクリと喉を鳴らした。その胸に触れてみたいような欲望がわきあがって、瑞枝はうろたえた。この男は若い頃はモテたのではないか。何がどうと言えないが、体からフェロモンのようなものが放出されている。

「まあ、俺のような者のほうが安くつく。こういう小さなスーパーは資金繰りが大変だろう。まあ、俺もこういう商売であっちこっちを流れてる。それで、奥さん、あんたみたいのがいるんだよ。どこでも」

「えっ……」

「スリルとサスペンスかな。盗った瞬間に痺《しび》れるって女が……。ねえ、奥さんもそうなんだろ？　あんた、欲求不満なんだろう。盗った時、スッとするんだろう」

カマをかけるような言い方だった。

瑞枝は一瞬で決めた。この木内は何かたくらんでいて含んだような物言いをしている。

瑞枝はスカートのすそを引っ張った。木内の視線が瑞枝の仕草を追い、「まともな奥さんなんだから、万引きだなんて言われたくないよね?」と、瑞枝の太腿をソッと撫でて続ける。

「奥さん、私、女房と別居してましてね。不自由しているんですよ。アッチのほうが……」

スカートの上から腿をまさぐられ、瑞枝はグッと喉を詰まらせた。木内が、「いいんだね」と、聞く。瑞枝は頬を赤らめたままでこっくりをした。「あんたの処分は俺が決める」と言った言葉が瑞枝の頭の中にこびりついている。その言葉にすがりついた。

「ほう! あんた、話が分かるなあ」

木内が嬉しそうに言い、ケイタイ電話で報告をする。

『木内だけど。休憩に入ります。よろしく』

言ってから、ニヤッとし、「大丈夫。ここは俺の仮眠部屋だから」と、ドアの鍵をロックした。

3

「奥さんはジッとしててくればいい」

言われて、瑞枝は畳の上で膝を崩した。木内が瑞枝のワンピースのすそから手を入れてきた。

「ねえ、でも……、いくらなんでもここで……？」

瑞枝の声はかすれ、媚《こび》を含んでいた。

「大丈夫。すぐに終わる。奥さん、パンティーを下ろしてくれ……。それから足も開いて」

「う……。本当に、すぐに終わってよう……」

瑞枝の手がパンティーをずり下ろす。すぐに木内の手が太腿を撫でた。瑞枝のそこは汗ばんだままだ。

「ふふっ。まかせなって。ほら、早くっ、足を開いてくれよ。たまんねえ、奥さん、柔らかいなあ……」

木内のざらつく太い指が柔らかい内腿から尻たぶへと這う。その指先はやがて、おぞましくねって、縮れ毛をいじりだした。

瑞枝はこらえきれずに腰をふるわせた。

「奥さん、たのんますよ。もっと足を開いてくれ」

木内は息を荒げ、恥毛の間をいじり始めた。瑞枝は息を詰め、次にはこらえきれずに腰を引いた。しかし、すぐに手が追ってくる。上から下のほうまでまんべんなくまさぐられた。その感触は圧倒的である。

瑞枝は息を荒げた。乳首が勝手にこわばってブラジャーのカップの裏に切なくこすれた。

「あんた、濡れてる……。いじられるの、好きか」

「うう……。早く終わってよ。もう、いいでしょう?」

「いや。まだだ。あんたにも、いい思いをさせてやる」

ゆっくりと木内の指が縦長の肉の溝を掻き撫でていった。ねっとりとした蜜を集めては、その汁を掻き回すようにして撫でる。湿音がして、そこに瑞枝のなんともいえない喘ぎ声が重なった。

「奥さんの、見せてくれ……」

瑞枝はビクッとした。

「こんなことして、いいんですか……」

「大丈夫。誰もここには来ないよ」

「なんで……」

「このスーパーは腐ってる。みんな、ダレてる。何をしようとお構いなしだよ」

薄ら笑いを浮かべ、「さあ」と、うながす。

木内は無遠慮に覗《のぞ》きこみ、瑞枝のフサフサと茂る陰毛を両側に掻き撫でた。その唇に笑いが広がる。

「奥さんの……、きれいだな。なんとも、凄《すご》い眺《なが》めになってる……。なあ、たのんますよ。ちょっと、あんたも合わせて動いてみてくれ」

瑞枝は木内の要求に赤面した。まさぐる手に合わせて陰部を動かしてみろと言っているのだ。

「ああ、出来ない……。そんなこと」

「大丈夫。出来る。そのほうが、あんたもいい思いが出来る。なあ、女が欲しそうにするのが俺は好きなんだ」

呻《うめ》くような声。妙に哀願調である。瑞枝は仕方なくその動きをした。開いてねっとりとしている柔ヒダを相手の指に自分からこすりつけたのである。

「そうそう。ほおっ、いいねえ。もっと、……を吊り上げて。ふうん、そんなふうにこすりつけるのか」

四文字言葉を言われ、瑞枝はひどく興奮をした。

「……、撫でられるの、好きなんだろう」

再び、四文字言葉を浴びせられる。瑞枝は無言だ。

「ふふっ。答えたくはないか。まあ、そうだろうな」

木内は指を入れ、出したり入れたりさせた。湿音が広がり、瑞枝は顔を背けた。

木内は瑞枝の核にも触れてきた。興奮して倍近くも膨れあがっているその部分をいじられ、瑞枝は完全にもよおしてしまった。

どうすることも出来ずに陰部の表面を震わせて、引き攣《つ》れたその部分を心持ち持ち上げて、「うーん」と、瑞枝は反応をあらわにさせた。

「なんだ。奥さん、あんた、イッちゃったのか」

木内がかすれた声で言いながらズボンのベルトをゆるめて、その前たてを開き、下着を下ろした。

むくつけき男の下腹部が露呈して瑞枝は目を剝いた。

体が壁ぎわまで追い詰められている。

膨れた亀頭の裏側がモロに見えた。その部分はえぐれて、下側にはねじれた皮膜のつらなりがあった。

「駄目っ、見たくないわっ……」

顔を慌てて背けたが、どうなるものでもなかった。

結局は視線を這わせてしまい、瑞枝は喉がカラカラになった。陰嚢《いんのう》がキュッと持ち上がって、それは男の興奮のすさまじさを表していた。夫の哲雄もその気になると、こんなふうになるのを思い出した。

男の群れ毛からは濃厚な汗と分泌の匂いがした。夫のものよりもかなりきつい。ズボンの中に封じこめられてこもっていた匂いがゆっくりと立ち上ってくるのだ。

男にもいろいろな匂いがあるのだ。そんなことを思っている自分に少しびっくりしている。

木内が瑞枝を見下ろして言う。

「ちょっと、手で刺激してくれ」

木内は根元に手をそえて、慰めるように自分のモノをしごいた。カッと膨れあがったソレは小刻みに揺れ、瑞枝の頬近くまでせまってきている。仕方なく、指を這わせ、絡めてそのモノを愛撫した。亀頭の小さな唇がひくつき、たちまち、その部分が濡れてくる。

「ふうっ……」

喘いでから、「奥さん、旦那の、しゃぶったりするんだろう……」と、木内が囁《ささや》いた。

「してない。したこと、無いわっ」

「嘘だろう。奥さん、嘘つきだな。まあ、ともかく、少しやってよ。納まりがつかないから……」

「そんな……」

そこまで言った時、勃起をしゃぶらされてしまった。

「うむむっ……、むふうっ……」

仕方なく手をそえて、そのモノの先端をしゃぶった。

「おおっ……、奥さん、やる……なあ……」

木内は仁王立ちである。膝を曲げ、腰の位置を調節しては、しゃぶらせる勃起の角度を愉しんでいる。瑞枝は目を閉じたり開いたり、あるいは息苦しさにむせながらも、亀頭に舌を這わせ、夢中で吸ったりしてしまう。

木内の手が器用に瑞枝の乳房を掴み出し、その盛り上がりを撫で、乳首をねじる。

「んぐうっ……」

喉の奥で呻いて、瑞枝ももよおしてきた。こんなふうにいやらしく男のモノをしゃぶらされたのは初めてだ。それが、瑞枝に不思議な作用をするのだった。体の奥が……、腰の中心部がとろけそうである。

木内が瑞枝の手を導いて肉根の根元へと引き寄せる。瑞枝も積極的に指を使い、その逞しい基底部に指をさ迷わせながら、亀頭のみを吸い回した。

「もう、いい……。たまんないよ……。そろそろハメてもいいだろう？」

木内が喘ぎ、そのモノを引き抜いた。

瑞枝は畳に仰向けになった。それでも、ワンピースのシワが気になり、すそを引っ張ったりしている。そんな姿が木内の征服欲を刺激するらしい。何しろ、モジモジとしてはいるが瑞枝の肌色の腿は大きく広がり、その中心部には陰毛に覆われた部分がパッカリと何もかもを見せているのだ。

木内はのしかかるようにして、瑞枝のびしょ濡れの表面に亀頭をあてがってきた。あてがわれたせつな、瑞枝のむっちりとした尻たぶがピクリと震えた。

あてがわれる充足感……。息が詰まった。

「奥さん、ヌルヌルじゃんか……」

そのまま、木内が腰を進めた。たやすく、そのモノが滑りこみ、瑞枝はくぐもった声をあげた。

(ううっ、久しぶり!)

瞬間、瑞枝の興味はその粘つく感触だけになった。

(ああ、いいっ……)

ゆっくり抜き差しをされ、腰の奥がジワッと感じてくる。繊毛がおびただしく生える部分がピクピクと反応を返す。その狭間《はざま》に没入してくる肉根のこすれ感……。

乳首が引っ張られてねじり上げられる。

男の指の間で乳首が突っ立ち、瑞枝はのけぞって腰を合わせた。繊毛に囲まれているゾーンを持ち上げ、女がそれを愉しんでいる時の動きをしてしまった。

「おおっ、そうだ……、そうだ。なんだ、あんた、心得てるなあ……」

木内が喘ぎ、額に汗を浮かべて早腰を繰り出しては唸《うな》る。後はため息と湿音のみが広がった。

何もかも忘れて、瑞枝も腰を震わせた。

瑞枝はむろん、「いいわ」などとは言わない。

しかし、快感の予感が押し寄せてきて、それが瑞枝の顔にどうしても表れてしまう。

「むふうんっ……」

瑞枝の甘い声に木内もため息を漏らす。

二人の汗ばんだ腰の前が泣くように小刻みに震えた。

瑞枝は、声を殺して積極的に腰を合わせた。喜悦が顔に広がり、「ふうんっ」と、ついに達して、後は朦朧《もうろう》となった。

「あんた、中出しはまずいんだろう」

寸前の男が喘ぐように言った。腰をひっきりなしに動かしている。

「奥さん、飲んでくれたら、すぐに解放してやる……」

呻くや、木内が大腰を繰り出し、次には小刻みに突き回してすんでのところで抜き、瑞枝の顔を跨《また》いだ。

「むむっ……、うおおっ!」

そのまま、木内が熱液を噴射した。瑞枝は飲むしか方法がなく、喉を震わせて飲み干したのであった。

4

新聞を見て、アッと声をあげてしまった。

「なんだ?」

夫の哲雄が不審げに瑞枝を見た。

日曜日の遅い朝食の時である。

新聞の地域版に、あのスーパーの記事が出ている。

地元の小さなスーパーの内部不正の記事であった。駅ビルの地下にスーパーが出来て以来、この小さな地元スーパーは営業不振におちいっていたこと。更に、内部の従業員が業者とグルになって商品を横流ししていたらしいこと。内部不正はパートの主婦にまで及び、レジの金まで抜かれていたらしい。腐り切っていたこのスーパーが、内部不正の発覚時点で倒産したとも記事には書いてあった。

瑞枝は、あのスーパー全体のゆるんだような空気を思い出した。それからフッと、裏口の階段で出くわした男性店員の言葉が浮かび上がってきた。

「キウチさん、頑張るね……」

あれは、何を指していたのだろう。ひょっとしたらあの店員は瑞枝が何をされるかを承知していたのではないか。瑞枝はカーッと頬が赤らんだ。

「このスーパーは腐ってる」

と、薄ら笑いを浮かべながら言った木内の顔。

木内は内部不正に目をつぶっていた。その代わり、従業員達も木内がやることには目をつぶる。

そんな筋書きだったのではないか。

いずれにしても、あのスーパーは無くなり、木内もいなくなるのだ。ホッと安堵すると、不意に木内とのことが思い出された。あんなこと、滅多に体験出来るものではない。

それに、今、思うと……。

(あれは、良かった……)

「なんだよ。ニヤついて。変な女だな。おい」

瑞枝は顔を上げて夫を見た。

(私はこの男を裏切った)

何か、優位に立ったような気分であった。

合い鍵

北原双治

著者・北原《きたはら》双治《そうじ》

昭和二十五年、北海道生まれ。週刊誌のフリーライターなど、さまざまな職業を経て昭和五十九年、官能小説大賞を受賞して作家生活に入る。官能小説の他、時代伝奇小説も手がけ、武術にも造詣が深く、次々と著作を成す。

1

〈ったくぅ、……避《よ》けろよな〉

ブレーキの軋《きし》み音が聞こえたはずなのに、振り返りもしない茶髪の若者二人へ、蓮見友《はすみとも》彦《ひこ》は胸の中で毒づいた。

もう一度、音を立てたが道を塞《ふさ》いだ形のまま、二人は平然と歩いて行く。自転車のベルは壊れたままなので、使えない。舌打ちすると、蓮見はぎりぎりといった感じの隙間《すきま》を狙いペダルを踏みしめ追い抜きにかかった。かわしに掛かった寸前、右側の男がよろけるように前に寄ってきた。ブレーキをかけたが間に合わず、男の肘がハンドルにぶつかる。

呻《うめ》き声とともに男二人が振り返る。

「すみません、……」

「なんだ、てめえっ」

車輪が蹴られ、同時にもう一人が彼の肩を突いた。弾みを食らい、蓮見は自転車に跨《また》がったまま、横転していた。

「なにするんだ、……」

「てめえからぶつかってきて、それが挨拶《あいさつ》かよお」

怒鳴《どな》り声とともに、一人が肩を蹴ってくる。

蓮見は転がり、素早く立ち上がる。深夜の四時を回ったばかりで、他に歩道に人影はない。だが、二十メートルほど先にスモールランプを灯した乗用車が停まっているのが見えた。やばいことになったとおもったが、それで少し勇気がわいた。大声を出せば駆けつけてくれるだろう。仮に喧嘩《けんか》に巻き込まれたくないと怯《ひる》んだとしても、携帯で通報くらいしてくれるだろう。その間、殴られまくったとしても、殺される前にはパトカーが来るはずだ。咄嗟《とっさ》に、それらのことを考えると、蓮見は若者二人へ身構えた。学生時代に剣道部に所属し二段の腕前だったが、既に三十五歳になっており、体力的には勝負にならないだろう。しかも、相手は細身だが上背のある若者二人だ。それに、棒切れすら手にしていない。

素手でやり合うしかないが、一発くらいは殴り返せるはずだ。いずれにしても、一方的にやられるつもりはなかった。

「なんだ、やる気かよお」

「いや、……悪かった。謝るよ」

一瞬、妻と娘の顔が浮かび、声を引きつらせて言った。

そして、頭をさげようとした刹那《せつな》、シャツの襟首《えりくび》を摑《つか》まれる。

同時に、もう一人が拳《こぶし》を突き入れてくる。

反射的に首を倒しかわそうとしたが、頬を掠《かす》め耳に痛みが走る。間髪を入れず、襟首を摑んだ男が頭突きを顔面に放ってくる。間一髪、蓮見は腕でブロックした。呻いた男の息が、酒臭かった。二人の若者が酔っぱらっていると分かった刹那、憤怒《ふんぬ》とともに蓮見は拳を突き出していた。鈍い手応えとともに、襟首を摑んでいた男が、呻き引っ繰《く》り返る。体が竹刀を握ったときのように鮮やかに動き、真横から殴り掛かってきたもう一人をかわしざま、足を払っていた。呆気《あっけ》なく二人が引っ繰り返る。その肩口へ、スニーカーの蹴りを叩きつける。苦悶《くもん》の声をあげたまま、二人は倒れたままだ。

〈ガキが、一人だとなにもできないくせに〉

胸の中で捨てぜりふを吐くと、蓮見は自転車を起こし跨がり、悠然《ゆうぜん》とペダルを漕《こ》ぎだしていた。

「ねえ、これ配達してくれない。すぐそこのマンションなの」

ペットボトルのジュースやウーロン茶六本と、大判の女性誌を数冊買い込んだ美貌の女が、妖しく微笑み言う。

「うちは、配達やってないんですけど。……いや、お客さんは特別になんとかしましょう」

困惑顔で言ったあと、すぐに笑みを浮かべ蓮見は応諾《おうだく》した。

大田区《おおた》山王《さんのう》にある終日営業のコンビニのカウンターで、彼が深夜勤務のバイトを始めてから三ヵ月になる。それまで勤めていた家具メーカーが倒産し、職がみつかるまでのつなぎに、働き出したのだ。

「あら、悪いわね。……じゃあ、お願いするわ。角のアニー・ハイムの808号室なの、よろしくね」

声が甘ったるい感じで、少し酔っているのかも知れない。

「あ、いますぐってわけにはできないんです。あと、……交代のやつが、まだ来てないんです。そうですね。四時ちょっと過ぎには、確実にお届けします。おれ、あがりですから、そのときにで、いいですか」

「いいわよ、一人しかいないんじゃあ、ね」

女が余所《よそ》で買ってきたアジアンタムの鉢《はち》とハンドバッグを手に店を出て行く。

ペットボトルは2ℓのものばかりで、やれやれという気がしたが、彼女の部屋を覗けるとおもうと独りでに笑みがこぼれてくる。それに華奢《きゃしゃ》な彼女では荷物を全部運ぶのは無理だろう。

二十七～八歳か、群青色《ぐんじょういろ》のTシャツにオフホワイトの綿パンツ姿で、水商売の女性といった雰囲気はなかった。そればかりか、いまどき珍しく艶《つや》のある黒髪を真ん中で分け、細面の顔を優雅に包んでいる。その肩まで垂らした長い髪から覗いた額は知性的で、大きな瞳にくっきりとした鼻筋と申し分なく、ことに柔らかそうな下唇と尖った顎は、都会的な美しさを感じさせた。いずれも深夜だったが、それまで彼女は2～3回来店したことがあり、若いバイトの間でも、彼女の美しさが評判になっていた。釣り銭を渡すときに、いつも会釈で応えてくれるのだがその微笑みが男を蕩《とろ》かすというか、妖《あや》しさがあり、彼も眠気が覚めるほど魅了されていた。

その彼女から、配達を頼まれたのだ。

いや、配達システムなどなく、私用を頼まれたと言っていいだろう。この一週間、ずっと緊張した状態でいたが、なにか天恵がやってきたような気がした。

例の若者二人が、いつ店に現れないとも限らず、怯《おび》えていたのだ。そして、待ち伏せを恐れ、帰宅のコースを変えてまで警戒していた。そんな彼に、美貌の彼女からの頼みだ。

その夜からは以前の路へ戻し、堂々と帰ろうと蓮見はおもった。

2

808号室の表示の下に、青柳佳代《あおやぎかよ》と手書きされていた。

やはり、一人暮らしだとわかり、嬉しくなる。むろん、あれだけの美人であり、男の存在は充分考えられたが、表札にはないので、少なくとも同棲《どうせい》はしていないとおもった。いずれにしても、若いバイトたちには秘密だとほくそえみ、蓮見はインターホンのボタンを押した。

――開いてますから、どうぞ。

深夜なので小声で名乗った彼に、少し待たされた後、彼女の声が響く。

予期せぬ返事に、蓮見は深く息を吸ったあと、ドアを開け玄関へ足を踏み入れた。

女物のスニーカーとサンダル、パンプスがあるだけで男の靴など見当たらない。それを真っ先に確かめ、奥を覗くと短い廊下の先に白いガラス戸が開け放たれており、リビングにピアノが置いてあるのが見えた。まさに、絵に書いたようなお嬢さんの部屋だと思い昂《たかぶ》ってくる。ほどなく顔だけリビングから覗かせた彼女は、シャワーを浴びたばかりなのか艶のある黒髪が濡れていた。

「すみません、悪いけど中まで運んでくれますぅ」

例の微笑で言い、顔を引っ込める。

〈ん、いいのかよお〉

どぎまぎしながらも女ともだちが来ているのだろうかとおもい、蓮見は大声で失礼しますと声を掛けスニーカーを脱いだ。

十二畳ほどのリビングで、カウンター式のキッチンと繋がっており、その前にテーブルが置かれてあり、オードブルと飲み物の用意がされていた。そして、ベージュのタオルローブ姿の彼女が椅子に座り、アジアンタムの鉢の手入れをしていた。

「ありがとう、感謝しています。ね、お仕事終わったんでしょう。少し、飲んでいかない」

「え、……いいんですか。夢みたいですよ。青柳さんのこと、バイト仲間で評判なんですよ、美人だって。おれ、恨《うら》まれてしまうな」

「ふふっ、お上手ね。でも、現実よ。わたし凶暴な男に、弱いの。だから、あなたのこと狙ってたの。ほら、この前、若い男二人と大立ち回りして、殴り倒したでしょう」

「……見てたんですか」

「そお、反対側の通りだったけど、すぐにコンビニの店員さんだって、分かったわ。もうジンジンきて、パンティを濡らしちゃったわ」

おもわず絶句する彼に、淀《よど》みなく青柳佳代が言い、熱っぽい瞳を向けてくる。

蓮見は突っ立ったまま、返す言葉が出てこなかった。彼女に何か魂胆《こんたん》があってわざと配達を頼んだと分かったものの、妄想すらしていなかったことだ。いや、配達を頼まれあれこれ彼女のことを妄想したことはあったが、それはずっと先のことで、何回か買った物を届けているうちに徐々に親しくなる。そして、路上でばったり出会い、喫茶店かなにかでコーヒーを飲み、喋《しゃべ》り合う。そんな程度の、ことでしかなかった。それが、ジンジンしパンティを濡らしたという、彼女の口から出た言葉とはおもえない、あからさまな誘いだ。

「どうしたのよ、ふふっ、わかるでしょう」

テーブルを回ってきた彼女が言い、彼の肩をつかみ唇を突き出してくる。

「大丈夫かなあ、……」

「あら、女から誘われたら困るの。それに、こわいお兄さんなんか現れないわよ。これでも、ピアノの弾き語りをしているの。自分ではシンガーソングライターのつもりよ。安心して、ちょうだい。でも、蓮見友彦さんくらい強かったら、平気よね。ね、キスして」

彼の怯みの理由を察知したように言い、青柳佳代が顔を上向けたまま目を閉じる。

彼の名前を知っているのは、制服の胸に付けた名札で覚えたのだろう。そして、あなたの素性は分かっているといったふうに、あえてフルネームで呼んだに違いない。意外にもわなかったが、やはり話ができすぎており、直ぐにはその気になれなかった。ひょっとして、例の若者たちの仲間かなにかで、連中が部屋の何処《どこ》かに潜み、彼を油断させて飛び込んでくるのではと、疑心したからだ。

「おれ、そんなに凶暴じゃあないよ。このまえだって、ビビリまくってたんだから」

「いまも、ビビってるってわけ。もー、女に恥をかかせないでちょうだい」

妖しく微笑みながら言った直後、彼の首に両腕を巻き付け顔を引き寄せると、そのまま唇を押しつけてくる。

こんなふうに、女からキスされたのは初めてだ。しかも、相手は美貌のピアニストだ。その青柳佳代にキスされては、どんな男も一発で参ってしまうだろう。いや、これで拒んだら男ではないと、おもった。怯みを覚えたのは、展開があまりにも急激過ぎたからだ。部屋に入って、五分と経っていないだろう。それで、キスだ。一度でも肉体関係を結んだ相手かなにかならばともかく、名前も今し方知ったばかりの女であり、詳しい素性も不明の相手なのだ。

その青柳佳代の唇が彼の唇を吸い、微《かす》かな酒の匂いの混じった息を吐きながら、舌が口中へ入ってくる。もう臆《おく》してなんか、いられないだろう。

蓮見は絡みついてくる女の舌を吸い、唾液《だえき》を啜《すす》った。青柳佳代が吐息を洩《も》らし、体を弓なりに反らす。彼女の下腹が股間へ押しつけられ、ジーンズの中でペニスが勃起してくる。

蓮見は片腕で彼女の背を支えながら、片手をタオルローブの裾へ潜らせた。指が、陰毛に触れる。やはり素肌の上にローブを着けていたのだとわかったが、それまでの彼女の言動からして、当然のようで驚かなかった。

そのまま指を滑らせ、女の膨らみを捉える。

青柳佳代が短く声を洩らし、ジーンズの上から勃起したペニスをつかんでくる。

「すごおい、ギンギンになっている。ね、ベッドへ連れてって」

「汗かいてるけど、……」

「そのほうが、凶暴な男らしくて、好きよ」

「そうかな、……トイレへ行きたいな」

成り行きからしてベッドへ直行すべきで、無粋《ぶすい》とはおもったものの、玄関の鍵のことが気になった。自分でも情けない男だとおもったが、これまでが女とはあまりにも縁のない人生で、加えて倒産、若者たちとの喧嘩と、災難続きのせいだろう。

玄関のドアをロックする彼を見て、青柳佳代が安堵《あんど》したように微笑む。逃げ帰られるとでも、おもったのだろうか。

〈いったいどうなってるんだ、マジだっていうんだからなあ〉

昂ってくる自分を抑えるように呟きながら、放尿する。

そして、雫《しずく》を振り落とし前ジッパーの中へペニスを押し込もうとしたとき、不意に真横から彼女の顔が伸びペニスを口へ含んでいた。

「お、驚かさないでくれよ。……ふ〜う、まいったな」

喉に絡まった声をあげたあと、余裕をみせるように言ったが、すごい女だと驚嘆のおもいだった。

そんな彼の顔を見上げながら、青柳佳代が縮こまったペニスを指で挟み舌を先端部へ、拭うように這わせてくる。

美貌に加えピアノの弾き語りをしているというくらいだから、それなりに知性も教養も高いに違いない。その彼女がとおもうと、やはり信じがたかったが、男を自室に誘い込むくらいの女だからこの程度のことで驚いてはいられないのかも知れない。そうおもうともに、昂りが彼を包みペニスが彼女の口中で鋭く硬直していた。

「ね、怖い女だとおもったあ。ふふっ」

「ちょっとね、……けど、おれも狂いやすい質《たち》だから」

若者二人を殴り倒したときの感触をおもいだすように拳を握りしめ、自身を鼓舞《こぶ》するように言った。

「好きよ、そういう男って。ふふっ」

タオルローブを脱ぎ捨て、全裸になった青柳佳代が誘うような笑みを残し寝室へ入っていく。蓮見は万が一に備え、着衣のまま後を追った。

ナイトスタンドがスポットのように灯った寝室は、セミダブルのベッドとドレッサーが置いてあるだけで、あとはクローゼットだけという簡素な調度だった。広さは十畳くらいか、リビングもそうだが全体に生活的なにおいのしない、モデルハウスの部屋といった印象が強かった。既に、ベッドへ入っている彼女を見て、Tシャツを脱いだ。

仰臥《ぎょうが》した青柳佳代の体は華奢なわりには、胸と腰回りが程よく発達していた。肌もミルク色で、晒《さら》された陰毛は自然な形でこんもりと繁っていた。彼の視線を感じたのか、青柳佳代が挑発するように脚を拡げていく。

女性器が露《あらわ》になり、くすんだ色の小陰唇が柔肉からはみ出て、下部が開き粘膜を覗かせている。全体に小振りのつくりで、淫奔な感じはない。

「まだ、ちょっとビビっているから、あんまり期待しないでくれよな」

「気にしないで、……でも、限界に達したら、爆発するんでしょう。ふふっ」

凶暴な男に変貌すると言っているのでありそれを期待しているということだろう。

むろん、性的な意味での凶暴さをさしているはずだ。だが、それがどんな行為を示しているのか、直ぐには彼も見当がつかなかった。

蓮見は仰臥した彼女の乳房へ顔を埋め、静かに舌で乳首を転がした。

トイレで放尿した直後に、彼のペニスへいきなり舌を這わせてきたくらいの彼女であり、到底、自分のような男では期待に応えられないような気がし、それでともかく型通りに抱き、当面の目的を果たそうとおもった。

青柳佳代の口から声が洩れ、乳首が勃起してくる。肌が滑らかと言うか、肉も柔らかく一回りも若い女を抱いているという実感が、指からも舌からも伝わってきて、蓮見は昂りの中で天恵をおもわずにはいられなかった。

同じように反対の乳首も屹立《きつりつ》させ、蓮見は女性器へ顔を移動した。鼻を濡れ開いた女性器に寄せ、匂いを嗅《か》いだ。芳しいヨーグルトを温めたような女体の匂いが、鼻腔に拡がる。

青柳佳代が吐息を洩らし、脚をM字形に曲げる。匂いが濃密になり、透明な液が溢《あふ》れ出てくる。その女液を舌で掬《すく》い、クリトリスへ這わせる。彼女の肉腿が震え、切なそうな声が口から洩れる。同時に、眼前の陰毛が逆立つようになびき、腹筋が膨らみうねる。

「アアん、……ちょうだい。きてえっ」

不意に、彼女が叫び彼の頭を引っ張る。

もっとねっとりと時間をかけてと思っていた彼は、拍子抜けしたが迷わずのしかかり勃起したペニスを挿《さ》し込んでいった。

女に挿入してこそ性交であり、モノにしたと初めて誇れる。そんなふうに思い込んでおり、変な余裕など見せないほうが得策だと考えたからだ。

根元まで貫き腰を密着させると、すぐに肉襞がペニスを包み込んでくる。

〈やったぜ、完璧に塡《は》まっているぞ〉

声をあげ叫びたいのを抑え、彼女を抱いた確証を得るように、青柳佳代の喘ぐ口をキスで塞ぎ、下唇を吸った。

彼女が両腕を回し、すがりついてくる。

蓮見は乳房を圧するように上体を浴びせ、ゆっくりと抜き挿しを加えた。濁った音が接合部分からあがり、青柳佳代が声を震わせながら脚を腰へ巻き付けてくる。

「アアーぅ、すごいの。奥まで、届いているわ。つつーぅ、……えぐって」

息を乱しながら言う彼女に、鋭く腰を突き入れ応えたものの、膣襞のうねりが凄く、直ぐに危うくなってくる。

あの男を蕩かす微笑みが示したように、まさに腑《ふ》抜《ぬ》けにさせる淫奔な女性器であり、内部の構造だと、おもった。このままでは、たちまち果ててしまうだろう。それでは、部屋へ入って彼女からキスされた時間よりも、早いような気がした。蓮見は慌てて、律動を弛《ゆる》め間をとるように頭を擡げ彼女の顔を覗いた。

燃え上がった女体とは裏腹に、彼女は喘いでいたものの目を開けていた。

視線が合うと、挑発するように瞳が光る。

〈な、なんだよ……〉

うろたえる彼へ促すように、青柳佳代が尻を両手で抱え、爪を立ててくる。

物足りないというのか、昂っての爪でないことは確かだ。その爪が声をあげたくなるほど、尻へ痛みを走らせ食い込んでくる。

蓮見は唐突な憤怒に駆られざま、彼女の両の耳を摑み引っ張っていた。

「ヒっ、……アアぅ、ダメーっ」

呻き、青柳佳代が下から腰を弾ませてくる。

いきなり耳を引っ張られ、彼女の何かを刺激したというのか。彼女が言っていた凶暴な男の、本領を無意識のうちに彼が発揮し、青柳佳代を異常に興奮させたということか。

口から涎《よだれ》を垂らし呻きながら、彼女がなおも下腹を突き上げてくる。

蓮見はかまわず彼女の頭をベッドへ固定するように耳を引っ張ったまま、女の鼻を嚙《か》んだ。青柳佳代が濁《にご》った呻きをあげ、同時に膣襞が痙攣《けいれん》する。アクメに達したのだと分かり、蓮見は乱暴に抜き挿しを加え膣襞をえぐると深く貫きざま、一気にペニスを狭窄《きょうさく》してくる女肉の中で射液していた。

始発電車が通過する音が、遠くで聞こえた。

「ね、ここに刻印して欲しいんだけど」

彼のペニスを舐め二人の体液をぬぐい清めてくれた青柳佳代が、内腿を指さし言う。

歯形をつけてくれという意味だろう。

「マジかよお、……なんか、これで終わっちゃうというのは……」

「もちろん、わたしだって終わりになんかしたくないわ。痕跡を、残したいだけ」

真顔で答え、ベッドの引き出しから鍵を取り出し、彼へ差し出してくる。

部屋のキーだと分かり、蓮見は顔を綻《ほころ》ばせたものの、困惑しないわけにはいかなかった。

「嬉しいね、……けど、おれ妻子がいるぜ」

「平気よ、あなたが迷惑でなければ……」

「そんなわけないよ、毎日だって来るぜ」

「嬉しい。凄かったもの、ふふっ」

妖しく微笑み、青柳佳代が太股を彼の膝へ乗せてくる。

晒《さら》された女性器は濡れ光り、生き物のように膣口が蠢《うごめ》いて見えた。その彼女の中へ指を挿し入れると、蓮見は片手で大腿を抱え、内腿に顔を埋め歯を立てた。挿入したままの指を、膣襞が締めつけてくる。それへ応えるように、蓮見はくわえた内腿を、強く噛んでいた。

3

二週間後、蓮見は箱根湯本《はこねゆもと》の駅頭に青柳佳代とともに立っていた。

一泊旅行を彼女に誘われ、バイトを休んで出向いてきた。妻の小夜子《さよこ》には、コンビニの仲間と、福利厚生の優待割引を利用しての旅行だと嘘をついて来た。むろん、携帯の電源は、ホテルへ入るなり切るつもりでいた。

その宿泊先も、青柳佳代が弾き語りをしている深夜レストランとの提携とかで、格安で利用できるということだった。つまり、彼の負担は殆《ほとん》どなく、やはり天恵だとおもった。

そのレストランへは一度も彼は行ったことがなかったが、リビングのピアノで彼女の歌を聴かせてもらい、陶酔されっぱなしでいた。

コンビニの深夜バイトの身でありながら、愛人というか美貌の若い女性を手に入れたばかりか、こうして一泊の旅行までかなったのだ。しかも、互いに情交のみを求め、他の一切の制約をもたないという、極まった関係だ。

これも会社が倒産した結果のことで、人生なにが幸いするか分からないと、思った。同時に、積極性が必要だともおもった。衝動的な行為とはいえ、あの若者たちと殴り合う勇気がなければ、彼女から誘われることもなかったのだ。

「なんか、川原へ行きたいな。だって、快晴なんですもの。ふふっ、わかるでしょう」

タクシー乗り場に並んですぐ、青柳佳代が囁き、瞳を妖しく輝かせてくる。

青姦をしたいという意味だと、直感した。

ステージで着飾っているからと、普段はパンツルックで通している彼女が、藍色に白のレースの入ったワンピース姿で現れたときから、彼も妄想していたことでもあった。

「OK、歩いて行くかい。適当な場所をみつけないとならんし、……」

「そうよね、ふふっ。ついでにお土産店も散策して行きましょう」

身を寄せ彼女が手を繋《つな》いでくる。

そのまま列を離れ、まさに恋人気分で温泉街へ向かう。

「やっぱ、橋の下がいいわ。ねえ、凶暴になれる」

一時間ほど土産店を観て回ったあと、川沿いの路を歩いていたとき、彼女が言う。

釣り人が近くに何人かおり、少し怯みを覚えた。だが、これまでの情交で、彼女の性癖を知っていたので、なんとかこなせるとおもった。凶暴と口にするが、性の場での意外性のみを、彼女が求めていることが分かったからだ。不意打ちというか、パターン化されない何かを、彼女は常に期待し、それが異様に昂らせるらしい。

「そう来るとおもったぜ、パンティの中は、どうなっている」

「もう、グショグショよ。調べてみるぅ」

「じゃあ、脱いでみせてくれよ」

顔を上気させた青柳佳代が、周囲に目を向けることなくスカートの中に両手を入れる。そして、傍らを観光バスが通過する間に、ソフトピンクの小さなパンティを足首から外していた。それを受け取り、拡げて見る。布地の二重になっている部分に、粘液が付着し大きな染みをつくっていた。匂いを嗅ぐことなく、その部分で蓮見は額を拭った。

「ヒワいね、……光ってるわ」

「佳代さんのあそこの匂いが、漂ってくるよ」

嬌声をあげ笑うと、手を取り合って河原へ降りる。

対岸から釣り人が、顔を向けてくる。

「見てるわ、……分かるのかしら」

「そりゃあ、そうだろう。発情の匂いをぷんぷんさせているんだからな。対岸にまで、とどいているさ」

「ああ、……あふれてきちゃう」

スカートの上から下腹を抑え、青柳佳代が吐息を洩らす。

その顔面へ、蓮見は前ジッパーから露出したペニスを突き出す。彼女の口が躊躇《ちゅうちょ》なく、くわえる。なにをしているかは一目瞭然で、対岸の釣り人が呆《あき》れたように凝視してくる。

〈けっ、ガキじゃああるまいし、珍しくないだろう。あっちへ行けよ〉

フェラチオされたままで、釣り人を睨み毒づいた。顔を背けたものの、すぐに視線を向けてくる。憤怒に似たなにかが、彼の裡《うち》で弾けるのが分かった。倒産のショックで性格が変貌したのか、あるいは若者二人を殴り倒したときから凶暴になったのか、いや、青柳佳代に暗示的に唆《そそのか》されたことが、大きいとおもった。いずれにしても、会社勤務のときの穏やかで臆病な自分と違っていることは、確かだとおもった。

橋のコンクリートの壁に、青柳佳代が両手を突き、尻を迫り出してくる。素早くスカートをめくり、尻を釣り人へ見せるように露にする。谷間に覗いた女性器は捩れ、濡れ開いていた。それを確かめると、蓮見は硬直したペニスを背後から挿入していった。そして、荒々しく彼女の双尻をつかみ、激しく抜き挿しを加えた。青柳佳代が身悶《みもだ》えし、唸るような声をあげる。淫肉に出没するペニスから、女液がオイルを零《こぼ》したように砂地へ滴《したた》る。それを目にした刹那、彼のペニスは膣襞の中で震え、蓮見は堪えることなく唸り声を放ちながら射液していた。

4

ホテルの部屋は、日本庭園に囲まれた庵《いおり》のような特別室で、露天風呂も併設されていた。

その和室の畳の上に、青柳佳代が全裸でよつんばいになっていた。彼が命じ、ポーズをとらせたのだ。そして、素肌に浴衣だけをつけた格好で、蓮見は背後に胡座《あぐら》をかき、彼女の尻の谷間を覗いた。マンションの部屋では時間の制約もあり、肉交にのみ励んでいた感じで、こんなふうにじっくりと彼女の裸体を眺めたことがなかった。妻が起床してくる六時までに帰宅しなければ、怪しまれるとおもったし、合鍵を受け取ったものの、彼女の方も仕事の打合せとかで、部屋に戻るのが遅くなり、ベッドを共にしたのは、まだ四日くらいしかなかった。

それで旅先の離れの間ということもあり、趣《おもむき》を変えたい気分になっていた。

煙草をくゆらせながら、卑猥な老人男のように、蓮見は掲げられた尻の谷間の奥に息づく女性器を眺めた。狙いは的中し、僅かな時間の経過とともに、小陰唇がめくれ拡がっていくさまが、見えた。同時に、潤み溢れた蜜液が糸を引いて垂れてくる。昂りを示すように青柳佳代が声を洩らし、上体を畳に伏せる。こんなふうに、女体の昂っていく変化を目にしたことなど初めてのことで、早くもペニスが勃起してくる。

「後ろの穴に、入れるぜ」

「ふぁ〜うう、……アア」

喉に絡まった声で宣した彼に、尻をぶらし青柳佳代が声をあげる。

それとともに、ミルク色の脂肪の詰まった瑞々しい尻が、淡く染まってくる。彼女も、それを期待していたのだと、おもった。

蓮見は指で溢れ出る女液を掬《すく》うと、コルク色のアヌスへ塗りつけ揉みしだいた。何度か繰り返すうちに、窄みが弛んでくる。中腰になり、膣の中へペニスを挿入する。彼女の下腹が鳴り、蕩けるような淫液を帯びた肉襞が包み込んでくる。数回の抜き挿しで、ペニスを抜き彼女を促す。

心得たように顔をあげた青柳佳代が、唾液の溢れた口へ含む。再び背後に回り、彼女の体液で膜を張ったように濡れ光るペニスを、彼女の尻穴へ添えると、蓮見は凶暴に突き入れていった。

「オオーん、ぐっ、アアーぅ」

頭を撥《は》ねあげ、青柳佳代がこれまでにない声を放ち背中をしなわせる。すぐに頭が左右に激しく振られ、髪が乱れる。かまわず、蓮見は一気に彼女の尻穴へ根元までペニスで貫いていた。彼女の尻たぶの震えとともに、強く陰肉がペニスを絞り込んでくる。焦《あせ》りペニスを抜くと、蓮見は畳に仰向けになった。

「跨がってくれ。そして、後ろの穴に入れるんだ。いいね、……」

「ああ、……わたし、狂ってしまうわ」

這い寄った青柳佳代がペニスを口へ含み、唾液を滴らせる。

そして、彼の腰を跨《また》ぎ和式便器にすわるように尻を落としてくる。そのまま片手を添え自らの尻穴へ先端部をあてがうと、喘《あえ》ぎながら尻を沈めてくる。緩やかにペニスが彼女の肛門の中へ飲み込まれていく。

尻が腰へ密着すると同時に、蓮見は両手を伸ばし彼女の乳房を捉えた。頭を後方へ反《そ》らし喘いでいる彼女の口から、既に涎が流れていた。その体勢で、蓮見は下から腰を突き上げた。青柳佳代が間欠的な呻きをあげ、尻をゆるやかに回転させてくる。ペニスが捩られ、強烈な快感が彼の脳天へ走る。たまらず、乳房を強くわし掴み、蓮見は呻いた。青柳佳代の上体が、がくがく揺れる。その直後、彼女が崩れるように胸へ倒れ込んでくる。その彼女の体を抱え反転すると、蓮見は組み敷いた彼女の直腸の中で、呻き射液していた。

〈ん、……佳代さんじゃあないか〉

5

スーツ姿で駅へ向かっていた彼は、反対側の歩道を逆方向に歩いていく彼女を目にし、手を挙げ叫ぼうとして声を飲み込んだ。

白のサマーニットに小花柄のフレアースカートを穿《は》いていたばかりか、洒落《しゃれ》た群青色のラインの入った丈の長いエプロンを着けていたからだ。良家の若奥様といった風情で、あの彼女とは別人のように見える。だが、セミロングの髪形、体型はむろんのこと、顔は間違いなく青柳佳代のそれだった。蓮見は声を掛けずに、彼女の後を追った。目黒《めぐろ》区内の路上で、彼は大手の家具店の面接に行ってきた帰りだった。先方の感触は良く、正社員として採用されそうな雰囲気だった。そうなれば、青柳佳代との密会も、そう頻繁《ひんぱん》にとは行かなくなり、あまり気が乗らなかったが、将来的なことを考えると、いつまでも深夜勤務のバイトを続けるわけにもいかなかった。それに、合鍵を所有している限りは、自由に彼女の部屋へ出入りできる。そう考え面接に来たのだ。

その目黒の路上で、青柳佳代を発見したのだ。弾き語りのレストランは赤坂《あかさか》であり、装いといい、彼女が現れるなど考えられない場所だ。しかも、普段の彼女ならベッドで寝ているはずの午前中に、だ。

その青柳佳代が路地を入り、邸宅の門扉の中に消える。走り寄り表札を見ると、那須浩《なすこう》三《ぞう》・千絵《ちえ》と出ている。親類かなにかの家に、泊まったというのか。芝生の敷きつめた庭のある瀟洒《しょうしゃ》な邸宅で、一目で資産家が持ち主だと想像できた。少し逡巡《しゅんじゅん》したあと、蓮見は門扉を開け敷地へ入った。ガレージの横から現れた彼女が、息を飲んだように立ち止まる。彼の姿を見て、驚愕しているのが分かった。

「どうなっているんだ、こんなところで会うなんて、信じられんよ」

「わたしも、よ。どうしたの、その格好」

駆け寄り言った彼に、微笑み言う。

だが、あの妖しい笑みではなく、瞳にも警戒の色が出ていた。

「面接の帰りに、佳代さんを見て追《つ》いてきたんだ。ここ、親戚の家かい」

「自宅よ、表札にあるのが、わたしの本名なの。困ったわ、……」

「じゃあ、……結婚してたっていうのかい」

啞然《あぜん》とする彼へ、静かに青柳佳代がうなずく。

「な、なんで。……」

「事情が、……ともかく、主人が中に居るの。あとで、説明しますから、帰って下さい」

困惑の色を浮かべ言い、彼女がおずおずと頭を下げる。

主人と聞き、彼女に迷惑をかけるわけには行かず、蓮見は退散するしかなかった。

〈チクショウ、人妻だったとは、な。しかし考えられないぜ、……〉

肉欲に狂った有閑《ゆうかん》夫人が欺き、男を漁っていたというのか。そうとしか思えなかったが、彼になんの損害もない。箱根の旅行もそうだが、彼女が費用を負担している。そう考えると、歪んだ欲望が彼を支配していた。美貌のピアニストは人妻だったのだ。卑猥な妄想とともに、蓮見は歩きながらペニスを勃起させていた。

翌々日の早朝、蓮見はコンビニの勤務を終えた足でビデオテープを抱えマンションの808号室のドアを合鍵で開けた。出勤前に、彼宛に若い女が届けに来たと、学生のバイトから受け取ったテープだった。嫌な予感に駆られながら仕事があがったら、彼女の部屋で見てみようと、あれこれ詮索《せんさく》を巡らしていたのだが、むろん見当もつかなかった。そのテープをデッキにセットし、リモコンを操作する。いきなり、自転車ごと横転しもがいている彼の姿が、映し出される。そして、あの若者たちとの殴り合いが映し出され、コンビニのガラス越しに撮ったカウンターの中の彼の姿が映し出される。彼女が撮ったものだろうか、しかも編集までしてあるのが分かった。唖然としながらも、それほどまでに彼女が自分に執着していたのかとおもい、妙な心地がした。だが、それも、束の間、いきなり素っ裸の男女が登場し、それが彼と青柳佳代だと分かり、蓮見は仰天していた。

「失礼します。……初めまして、那須浩三です。もう、ご理解できましたですか」

声に弾けたように振り返り身構えた彼へ、恰幅《かっぷく》のいい五十代半ばといった感じの紳士然とした男が立っていた。どこかで見た顔のような気がしたが、おもいだせない。

だが、あの目黒の邸宅の表札に出ていた名前を名乗っており、彼女の夫に違いないだろう。

画面のビデオは箱根湯本の和室で、よつんばいで掲げた彼女の尻を、覗き込んでいる彼の姿を映し出していた。蓮見は引きつった手でリモコンを摑み、慌てて画面を消したものの、色も言葉も失っていた。

「小さな会社を経営してまして、おかげさまで余興《よきよう》というか、ちょっとした贅沢《ぜいたく》をさせてもらってるんです。もうお分かりだとおもいますが、テープは蓮見さんに差し上げます。わたしたちの秘密ということで、恨みっこなしで、終息させたいとおもうんです。いかがですかな、蓮見さん」

「いや、その……」

趣味で妻を他の男に抱かせ、それを撮りまくっていたというのか。

「ま、すぐには理解できないかもしれませんが、わたしたちのようなカップルも、現実に存在するということです。はじめのころは彼女も嫌がってたんですが、なに、女は本性が多淫というか、すぐに馴れちゃうんですな。いまじゃあ彼女もすっかりその気になって、わたしの方が圧倒されてますよ。ほら、年齢差があるでしょう、それをカバーしたくて、始めたんですが、ね。最近ではマンネリ気味で、それで彼女に男を選ばせたんです。そしたら、偶然に蓮見さんが喧嘩しているのを目撃しまして、それで凶暴な男がいいとか言って、つまり蓮見さんに、合い鍵まで渡してしまったんですな。彼女のルール違反なわけで、その時点で収束させるべきだったんですが、なんせ小市民ですから、ね。理解していただけますでしょう」

素性が発覚したため、もう彼女には接近するなと言いたいのだろう。

呆然と立ち上がった蓮見は、無言でポケットから合い鍵を取り出した。男の顔が安堵したように、綻《ほころ》ぶ。その顔を見て、以前にコンビニへ客として来た男だと、分かった。妻が選んだ男の顔を確認しに、やってきたに違いない。むろん、それを知ったからといって、いまさらどうにもならない。

〈畜生、ふざけやがって……〉

口中で罵《ののし》ったものの、男を睨《にら》みつけることすらできなかった。

蓮見友彦は合い鍵を男へ手渡すと、一言も発することなく悄然《しょうぜん》と部屋を出ていた。

匿名《とくめい》の女

内藤みか

著者・内藤《ないとう》みか

一九七一年生まれ。女子大在学中に、恋人にふられた腹いせで書いた官能小説でデビュー。以後、女性心理をメインに据え多くの小説誌に発表。インターネットものなどを積極的に執筆している。また、官能作家入門エッセイ「おしえてあげる」（パラダイム）も話題に。

1

私がインターネット・セックスのバイトを始めたのは、単にお金に困っていたからだけではない。

離婚して、小さな三歳の娘をひとり抱えていた私ができる仕事は、これしかなかったのである。

突然の離婚だった。

「好きな人がいるから別れてくれ」と言う夫を半狂乱で責めても、彼の気持ちは止まらなかった。彼がハマったのは、私より五つも若い二十歳《はたち》の新入社員だったのである。

やっぱり若い女の方がいいんだ、と思うと、カーッとなり、そう簡単には判を押したくなくて、一時はなりたくもない修羅《しゅら》にまで、私はなり果てたことがある。

彼女の電話番号を探偵に調べさせ、

「このドロボウ猫！」

なんてガナりたててもしまった。

どうしてこういうシーンでは泥棒猫、という陳腐なセリフが出てしまうのだろう、なんて内心思いながら、オットを返してよ！　と受話器に向かって泣き叫んだりもした。

それから彼女のマンションの入り口で、夫がやって来るのを寒い中待っていたことだって、ある。現われた夫のコートの袖をぎゅうぎゅうつねりながら、戻って来てくれ、と道端で大声で泣いたこともあった。

だけど、そんな私の取り乱した行動は、夫をシラけさせるばかりだったのだ。

桜が咲く頃、私は気がつくと、小さな駅の小さなアパートで暮らしていた。日当たりがやけに良くて、畳が焼けてしまいそうで、私はぼんやりと日の動きを目で追ったりして、一日を過ごしていた。

別れた夫からは、養育費を月々三万円しかもらえない。国からもらえる児童扶養手当の数万円を足しても、このアパートの家賃を払い、娘二人と生活していくなんて、とても無理だった。

こんな状態なのに、地域の保育園は満員で、娘を預けることができない。母子家庭だからキャンセル待ちの一番にしてあげよう、と福祉事務所の人は気の毒そうに言ってくれたのだが、その空《あ》きがいつ出るのかさえ、わからない。

ただパソコンだけは、離婚の時、悔しさのあまり、夫から奪って来ていたので、持っていた。M社製の半透明でモニタもついているオールインワンタイプのものだ。彼に教わっていたので、ひとりでインターネットにも繋《つな》げることができた。

いっそパソコンを活《い》かせる仕事がないか、と調べていくうち『女性在宅ワーカー募集』と書いてあったホームページに辿《たど》り着いた。『簡単なお仕事。日払い、週払いOK!』と掲《かか》げられている。ダメもとで問い合わせメールを送ると、すぐに返事がきた。

なんだか怪しいな、とは思っていたのだが、やはりそれはいやらしい仕事だった。

『男性とチャットセックスをしてください。一回につき一時間、二千円です』

チャットというのは、インターネット上で相手と筆談できるシステムのことだ。例えば私が「こんにちは」と書くと相手から「こんにちは」と返ってくる。会話の文字は順次、パソコンの画面に表示されていくのだ。顔も知らない相手と会話できる面白さに夢中になっている人が、近頃は多いとも聞く。

メールには『パスワードがないと入れないツーショットチャットのページで、男性といやらしい会話をしてください』と書かれていた。

私は迷った。短大を卒業してすぐ元夫に嫁いだため、彼以外の男なんて知らないのだ。だが、他にどんな仕事があるというのだろう。どのくらい客の数がいるかわからないが、一日一人でもお客がつけば、何とか娘と暮らしていける気がする。

それに、筆談なので、まだ字も読めない娘に仕事内容を悟られることもない。これがテ

レクラのサクラだったら、喘《あえ》ぎ声などを出して娘に聞かれてしまうことだろう。チャットセックスなら、

「ママはパソコンでお仕事しているのよ」

と言い聞かせればいいのだから、充分ごまかせる。

チャットでセックスなどどうやればいいのかよくわからなかったが、私はとりあえずオンライン上で自分のメールアドレスと、振込先銀行口座を入力し、会員登録をした。

すると翌日、登録完了のメールが送られてきた。私名義のチャットページが作られたとかで、パスワードが添えられている。

『あなたは仕事をしたい時間だけ、そのチャットページにいるようにしてください。あなたのプロフィールを気に入った男性が入室してくるまで、待機していてください』

と指示されている。

私はプロフィール表にバツイチのシングルマザーだと正直に書いていた。ウソをついても仕方がない、と思ったからだ。

こんな私でも、アクセスしてくる人がいたら、丁寧《ていねい》に、優しく接してあげよう……。

まだ出会ってもいない男達のことを思い、私の胸が熱くなった。

離婚前の一年間は、夫とはセックスレスだった。あれほど私の大きい胸が好きだよ、と

言ってくれたのに。白い肌が好きだよと言ってくれていたのに。彼は、日焼けしたスリムな若い女を選んだのだった。

随分《ずいぶん》長いこと愛されていない女体が、チャットセックスのことを思い、微《かす》かに疼《うず》いた。

2

『今、どんな格好しているの？』

いきなりそう訊《たず》ねられたので、キーボードを打つ手が止まった。

娘が寝ついた夜の十時過ぎ、私は早速チャットセックスにアクセスしていた。待機時間は給料にならず、男性が入ってきたらパソコンからベルの音が響き、そこからが時給二千円のバイトの始まりだ。だから、私はTVを見ながらベルが鳴るのを待つことにしたのだが、パソコンが気になって、なかなか画面に集中することができずにいた。

男性は『現在チャットセックスページにアクセス中の女性のプロフィール』の一覧を見て、気に入った人を選んでアクセスしてくる。何人の女性が今ネットに繋がっているのかはわからないが、こんなバツイチの私を誰かが選んでくれるのだろうか……と思った時、

……リリリリリ、リリリリリ……

昔の電話のベルのような音が、室内に響く。

慌てて駆け寄ると画面の向こうで誰かが、

『はじめまして！』

と書いていた。男は譲治《じょうじ》、と名乗っている。

『はじめまして。みさえです』

私は慌てて返事をタイプした。チャットネームを使ってもいいと言われていたのだが、別に隠すこともないだろうから、本名を名乗ってしまう。

それ以上の自己紹介もしないまま、男は「どんな格好をしているの？」と訊ねて来た。

我が身を見下ろすと、ジーンズにTシャツ、とおよそ色香のない服装をしている。素直に告げたらガッカリされるだけだから嘘をつく。

『ピンクのネグリジェを着ているわ』

『色っぽいな。パンティーはつけてるの？』

『つけてないの……』

こんないやらしい言葉を入力している自分が恥ずかしくなったのだが、時給二千円ももらっているのだ。多少のサービスは必要だ、と私は必死に自分に言い聞かせる。

『ノーパンなのか、いやらしい女だな。離婚して身体が疼いているんだな』

プロフィール表を見ているので、私がバツイチだということを彼は知っているのだ。

離婚後の女は、セックスの味を知っているから、かなり欲求不満になるだろう？　と男は続いて訊ねてきた。面と向かって言われていたら失礼ね！　と激怒していたかもしれないが、これは顔も見えないチャットだし、何より仕事なのだ。私は彼の理想通りに振る舞い、とっととセックスを終わらせようと思った。

『そうなの。疼いているの。もう一年以上エッチしていないのよ』

『じゃあ今夜は俺がたっぷり可愛がってやる』

その後、男はネグリジェを脱いで全裸になれ、クリトリスを摘《つま》め、と命令してきた。

『さあ、クリちゃんをいっぱい俺が舐《な》めてやるからな』

『あ……ん』

『どうだ、気持ちいいのか？』

『あ……あ、気持ちいい……ッ』

恥ずかしいセリフをたくさん綴《つづ》っているうちに、私は欲情してきてしまっていた。

インターネットでバーチャルセックスするなんて、信じられない。どうかしてるんじゃないの？　などと考えていたはずなのに。私はまるでこの男にリアルに愛されているかのような錯覚さえ感じ始めていた。

次々に表示される『おま○こ濡れてるんだろ？』『もう欲しくてたまらないんだろ？』などという卑猥《ひわい》なセリフは、すべて、私のために一人の男が知恵を絞り、捧げてくれた愛撫なのだ。それは久しぶりに味わう、私の身体への挑みだった。

私はいたたまれなくなって着ていた服をすべて脱ぎ捨てた。台所の隅にパソコンラックを置いていたため、キッチンのステンレスの壁が、鏡となって私の全裸を映し出す。

大きな丸い乳房は、娘を産《う》んだ後もそれほど垂れていない。久しぶりに自分の身体を見て、しっとりと白く輝く肌の艶《つや》がまだまだ美しいことに私は気づいた。

『どうだ？　入れて欲しいか？』

画面の向こうでは男がきっとペニスをシゴきたてながら、キーボードを打っているに違いない。

『入れて！』

そう入力した後、私は左手の中指を秘芯に突き立てた。立ったまま、キッチンの壁に映る自分の紅潮した顔を見ながら、流しに寄りかかって蜜だらけの壺に指の根元まで入れる。

『ほら、チ○ポが入ったぞ。もうぐちょぐちょじゃないか』

男の言葉を読みながら、私は指を素早く出し入れした。ぐちゅぐちゅという音が、台所に響く。

『ずっとほしかったの』

私は右手だけでゆっくりとキーを押した。

『すごく締まる。気持ちいいよ』

男の誉め言葉に酔いながら、私の左手は夢中になって一人悪戯《いたずら》をし、私の右手はただ三つのキーを繰り返し押していた。

I・K・U・I・K・U……

『いくいくいく！』

思わず唇からも、

「ああ……いくぅッ！」

という切ない喘ぎ声が漏れてしまった。

久しぶりに味わったエクスタシーに、白くて丸いヒップが震《ふる》えているのが、キッチンの壁に映っていた。

3

チャットセックスを始めて三カ月。

仕事は、慣れてくると楽なものだった。だいぶ広まったとはいえ、インターネット上には女性人口はまだ少ない。アクセスするたびに男性客はつき、仕事にあぶれるということは、まずなかった。

娘が寝た夜十時過ぎから深夜〇時頃まで、一日二人を相手にし、数千円を稼ぎ、なんとか生活を成り立たせることもできていた。

最初は騙《だま》されているんじゃないだろうかと業者を疑いもしたが、給料は計算間違いもなくちゃんと振り込んでくれていた。

三カ月も経つと、いろいろな楽しみが増えてきていた。通販でこっそり取り寄せた白くパール玉が何個も入っているバイブを、クライマックスの時に膣内に挿入するのも、そのひとつだ。

バイブの振動に身を悶《もだ》えさせながらも、両手は空いているので、いやらしい言葉をたくさん打ち込むことができる。

『ああ、もうダメッ！　気持ちよすぎる』

『もうイッちゃう！』

『太い、太いの。太くて、固いの！』

こんなセリフを一体何十回書き込んだことだろう。だけどそのたびに私は感じてしまっていた。自分に都合のいい想像をしながら、見えない相手の腕に抱かれ、絶頂に達していたのだ。相手の顔も声もわからないのだから、好き勝手に包容力があって毛深く、がっちりした身体の男性に激しく愛されている自分を空想しては、発情していたのだ。

時々、台所の奥の和室から「うぅ……ん」と娘が寝返りをうつ声が聞こえてくると、全裸でバイブ自慰をしている自分が情けなくて全身が火照《ほて》ってしまうが、一度覚えたバーチャルセックスからは、なかなか離れられそうもなかった。

なにしろ、気分的にラクなのだ。

お互いに素性も知らず、ただ身体を求め合うだけである。売春すれば顔がバレてしまうし、テレホンセックスだって声を知られてしまう。けれどもチャットセックスは全くといっていいほど自分のことを知られずに済むのである。

私は匿名の女になって、相手と交わることができたのだ。もちろん、交わるといっても直接触れあうことなどできないのだが、インターネットの向こうで誰かが私のことを想って勃起している、その事実だけで興奮してしまうのである。

もちろん、男の肌が恋しくなることもあった。だが、後々の面倒を考えると、勇気が出なかった。チャットセックスの別れ際に、男達から直接会わない？　と誘われたことも、何度もある。だが、私はまだ、その気にはなれなかった。

いや、その逆だ。その気になりすぎている自分が、怖かったのだ。

今、私は娘と二人で、日々の生活の不安や孤独感や寂しさに耐えながら生きている。遊びのつもりで会っても、その男に惚れてしまい、すがってしまいそうで、自分が怖かったのだ。もっと気持ちが落ち着いて、割り切って会えるようになったら……とは思っていたのだが、誰でもいいから頼りたい、という危うい気持ちは依然として持ち続けてしまっていた。

そんなある日、ケンと名乗る男が私のチャットページにアクセスしてきた。

彼は、挨拶《あいさつ》もそこそこにセックスを挑んでくる他の男達とは、まるで違っていた。男性の方は一時間五千円かかるというのに、のんびりとお喋りを始めたのである。

『今日はなんか蒸し暑かったよね』

『夜ご飯、何食べたの？』

『もうすぐ会社の夏休みなんだよね』

などなど、他愛ない話ばかりだったので、逆に私の方が心配になってきてしまった。

『すごくお金かかるんでしょ？　いいの？』

『いいんだよ。上手《うま》く言えないけど、僕の話をじっくり聞いてくれる女の人を買ったような気分なんだ』

ケンは二杯目のビール缶を開けた、と言った。そしてプロ野球の話、最近観《み》た映画の話などを続けていく。

当たり障《さわ》りのない話が三十分ほど過ぎて、彼への親近感が湧いてきたころ、ケンはやっと、思い切ったように書き込んできた。

『あのさ、君のプロフィールってマジ？』

『どうしてそんなこと聞くの？』

瞬間的に私の腋《わき》の下にじっとりと汗が滲《にじ》んだ。匿名性が魅力のチャットセックスだというのに、私は最初の登録で包み隠さず本名とバツイチだということを明かしている。

もしや、ケンは、元夫なのではないだろうか。そんな恐怖が頭をよぎった。相手の顔が見えないということは、すごく怖いことだ、と今更ながらに悟っていた。元夫でないにしても、私が離婚したことを知る誰かかもしれない。

だが、ケンはそのどちらでもない、と私に断言した。確かに、元夫は別の女ができて私を捨てたのだ。このようなチャットセックスにアクセスしてくるはずもない。

昔の傷がふと蘇《よみがえ》り、私はしばらく沈黙した。

『気に障ったんなら、ごめん。君のことを探るつもりじゃなかったんだよ』

ケンはそう書き込んでくる。

『実は、俺もバツイチで……。同じ境遇の人と話をしてみたかっただけなんだ』

私はなぜか、泣きたくなっていた。

私だって、周囲に離婚したような友達はいない。ひとりで心の重荷と娘を背負って今日まで必死に、こんないやらしい仕事までして生きてきたのだ。

どこか知らない場所で、男がたった一人、ビールを呷《あお》りながらパソコンのモニタに向かっている姿を、私は想像した。「お疲れさま」とも「今日はどうだった?」とも尋ねてくれる女もいず、きっと、彼はひとりなのだ。

ケンは私と同じ気持ちを知っている、と私は直感した。一度味わった家庭の暖かさを奪われたものは、一層孤独を強く感じるものだからだ。だからこそ誰かを求め、インターネットにアクセスしてしまうのである。

堰《せき》を切ったかのように、お互いの身の上話が始まっていた。ケンは奥さんの方が浮気をして離婚となったのだという。

『お互い辛いよな……』

ケンの言葉に、私は強く頷《うなず》いていた。同じ傷を持っているのだと思うと、妙に離れがたかった。

『抱きたいな。みさえのこと』

そう彼に書かれた時、反射的に「私も会いたい。抱いてほしい」などと告げたくなっていた。

ケンとだったらいい。お互いに捨てられた者同士、肌を舐め合いたい、と思ったのだ。

だが、こんな私の高揚感は、次のケンの言葉で一気に引いた。

『今、どんなパンティーはいてるの？』

……そうだった。

私は今、チャットセックスという〝仕事〟をしているのだった。直接会って抱かれたいと言われたのかと瞬時に考えてしまった自分が浅ましく思えて、私はモニタの前でひとり、熱くなった耳たぶに触れた。

4

待ち合わせ場所は、新宿駅南口のキオスクの前だった。ケンらしき人はすでに立っていた。目印のノートパソコンを小脇に抱え、スーツ姿のやや小柄な姿があった。

少し疲れているようにも見えたが、切れ長の瞳は鋭く、仕事ができそうな感じだ。パソコンも最新式の超薄型でデジタルカメラが付いているものである。

あれからケンとは、何度かチャットセックスをした。彼はいつも私と三十分ほどよもやま話をしてから、おもむろに行為を始める。きっと彼は、今までの妻とのセックスも、そんな感じだったのだろう。ムダ話さえも、彼にとっては愛撫なのだ、と私はわかってきていた。

私はケンがアクセスしてくるのを待ち望むようになっていた。もう私は彼のことをかなり知っていたのだ。彼が三つ年上の二十八歳であること。世田谷《せたがや》区のワンルームマンションに住んでいること。そしてオフィス家具会社の営業マンであり、世間並の給料はもらえていることも、別れた妻には慰謝料を一銭も払っていないことも。

私は彼の話を丁寧にきき、精一杯の相槌《あいづち》を打ち続けていた。いつのまにか、私は彼に淡い恋心を抱いていたのだ。私の打ち込む文字で、彼の気を引けるといい、と考えていた。

そしてついに梅雨《つゆ》明け間近の暑く湿る夜に、

『みさえちゃんてどんな顔しているんだろう』

と彼が書き込んできた。その日は彼が贔屓《ひいき》にしているプロ野球チームが延長サヨナラ勝ちをしたとかで、彼は随分いい気分のようだった。気が大きくなったらしく、一気に、

『ナマのみさえちゃんを見てみたいな。デートしようよ』

と書き立ててきたのだ。

だから、私は昼下がりの人混みで蒸し返る新宿駅のキオスクの前に来た。ケンに声をかけるのは、かなり勇気がいることだった。

デートなんて、もう何年もしていない。何を着ていくかはもちろん、どう振る舞えばいいのかさえ忘れていた。迷った末に選んだのは、無難な紺のスーツに白いパンプスだった。一連の離婚騒動で瘦《や》せて疲れた顔になったような気もする自分に、彼は好感を持ってくれるのか、それが一番不安だった。

どんなに念入りに化粧をしても、頼りなげな哀しい色は、瞳からは消えやしない。それは仕方のないことではあったが、辛気《しんき》くさい顔をなるべく見せたくなくて、私は鏡の前で何度も笑顔の練習をした。

娘をベビーシッターに夜八時までの約束で預けてあるのは、彼にも伝えてあった。だからなのか「やあ」と短く頷いた後「行こう」と彼はタクシー乗り場の方へと歩き出した。

「外は暑いから」

と、言い訳しながら低い声で高層ホテルの名を運転手に告げる彼を、私は止めなかった。

デイユースでチェックインしたツインルームは、眩《まぶ》い日差しが入ってきていて、私もケンも妙にもじもじした。

「不思議だね。もう何度もチャットセックスはしているのに。会うのは初めてだなんて」

「ほんと……」

私はドアの近くに立ったまま、窓際の男をちろりと見つめた。骨太そうな体型と黒目がちの細い瞳を持つこの彼に、しばしばモニタごしに抱かれてきただなんて信じられない。

彼も同じ気持ちなのだろう。まじまじと私を見ている。

「……私、チャットとイメージ違う？」

「いや、そんなに具体的に空想していたわけじゃないから。でもみさえちゃんってこういう顔していたんだなって改めて思って」

ケンは照れくさそうに笑いながら、窓際のソファに腰を落とした。ソファベッドとしても使える、三人がけできそうなほどゆったりとしたサイズのものだ。

「座ったら?」

手招きする彼を断わる理由など、なかった。私はおずおずとソファの隅に身を埋め、彼の差し出すワイングラスを受け取った。

「昨日はまた負けちゃったんだ。これで三連敗。どうも投手層が薄いのがダメなんだよな」

彼がいつものよもやま話を始めた。

こちらを正視しづらいのか、しばしば目を伏せながら、どうでもいいような話を仕掛けてくる。普段のチャットと同じような会話なのに、私は緊張していて、頷くのがやっとだった。

彼の眼とふと、目がぴったりと合った。

瞳の中に、嫌われてしまうのではないかという不安や、見捨てられてしまうのではないかという恐怖がくっきり浮かんでいる。

一度、愛するパートナーに裏切られた傷が、彼の深層にも深く刻《きざ》まれたままなのだ。同じ瞳をしているケンに、私は思わず手を差し伸べてしまっていた。彼の両手は私の肩に触れ、そして背中に回った。

忘れていた男の肉の安心感が、私を包み込んでいった。

5

ケンのセックスは、ひどく遠慮がちだった。チャットセックスでも、

『おっぱい揉《も》んでいい？』

『そろそろ入れてもいいかな？』

などといちいち許可を取ってくる男だったが、現実のセックスでも、そうだった。

そして私は彼の問いかけに、ひとつひとつ優しく頷いてやった。ケンは妻に拒否され、かなり男性としての自信を失っているように見えた。それを私は癒《いや》してあげたかったのだ。

全裸になり、ベッドで抱き合いながら、私は彼の背中をたくさん撫で、そっとペニスを握ってあげた。それは温かく屹立《きつりつ》していて、私の指に合わせてびくんびくんと脈打った。

ひどく愛おしいものを見つけた気になり、私は彼の身体の中心へと唇を滑らせ、すっぽりと肉茎を含む。頂点から根元まで、何度も往復し、彼自身を吸った。

「俺も……舐めてもいい……？」

彼はそう言うと、身体をぐるりと回し、私の股間へと顔を突っ込んできた。そしてじわり、と濡れた舌を這わせてくる。

「ああ……ッ、気持ちいい……ッ」

忠実な犬のようにヴァギナを吸ってくる彼が愛しくて、私は何度も喘いだ。性器だけでなく、お互いの傷も舐め合っている気がしてくる。徐々に私の心も脚も開いていき、切ない声は高くなっていく。

彼の左手が私の胸をまさぐってきた。先程よりもずっと強く、乱暴に揉むその手つきに、

「あうぅんッ！」

ペニスを含みながら私は悶えた。彼の手のひらが乳房をぐいぐいと引っ張るたびに、感じてヒップを振りまくり、ケンの顔にヴァギナをこすり立ててしまう。

気持ちよくて気持ちよくて彼の首の後ろに脚を回してしがみつきながら、

「ほしいの。早く。ねえ。お願い。ほしい」

と何度もねだった。こんなはしたないこと、元夫には言ったことがない。だけど、本当に欲しかったのだ。ケンを受け容《い》れたかった。

人から見れば、私もケンも、結婚に失敗した惨めな人間なのかもしれなかった。でも、

だからこそ、私はケンが愛しかった。私しか彼を支えられる女はいないとさえ感じながら、私はペニスを喉《のど》の奥の奥までくわえこむ。

「ひとつになってもいい？」

ケンはそう言って、正常位で私に挑んできた。マジメな彼らしい態勢だ。私は脚を彼の背中に絡めながら、ふたつの身体の密着度を高めた。

「ああ、すごく、かたい……！」

彼のモノはひどく熱く、すぐにでも弾《はじ》けてしまいそうだった。男棒がごり、ごりと音を立てて膣壁をなぞっていく。

「あああ、ずっと欲しかったの！」

彼の背中に回した両手両脚を、私はぎゅうと締めつけた。

本当に、ずっと、欲しかったのだ。

まともにペニスを挿入してもらうのは、一年以上ぶりだ。前夫に叩き込まれていた女の悦びが、たちまち蘇ってくる。

男の肌が快感でじっとりと汗ばんでくること、腰の動きがどんどん速くなっていくこと、そして彼の顔が気持ちよさに少しずつ歪《ゆが》んできたこと。

私はいつしかヒップをひくひくと蠢《うごめ》かせていた。こうすれば、アソコが締まるということを、身体が覚えていたのである。

「いいよ……ああ、おま○こ久しぶりだ」

ケンがたちまち反応して、深くズン、と貫いてくる。私は彼自身をぎゅうと抱き締めた。

お互いがぴったりとくっついている満足感だけで、私はエクスタシーを感じていた。ケンの腰使いはひたすらストレートで、その真面目な振りが、飢えていた心の中にまでジンジンと染《し》みわたっていく。

「あッ、あんッ！　ねえ、もう、イクッ！」

身を震わせながら彼の腹部に恥骨をすり寄せ、私は甲《かん》高く叫んだ。

「僕も出る。出ちゃうよ」

ケンは私にキスしながら、抱きついてきた。愛されているという実感に、彼にきつくしがみつく。男女の繋がりからはぬちゅぬちゅとどうしようもなく潤ったいやらしい音が聞こえている。

「ああん、好き、好きなの！」

私はケンの唇をべろべろ夢中で舐めたり吸ったりしながら、もっと深く挿入してほしくて、思いきり背をのけぞらし、恥部を差し出した。

こんな風にずっと誰かに扱ってもらいたかったのだ。深く沈んだ私の心を、ずん、ずん、と高く突き上げてもらいたかったのだ。

女芯に白い水砲が飛び、それに押し出されるようにして、私の心も一気に昇っていった。

「あなたを愛してしまいそうよ……」

などと思い切って言ってしまおうか、と私は考えを巡らせていた。ケンとは深い縁のようなものを感じている。恐らく私とは長い付き合いになるだろう。ふと、彼が私の娘と遊んでいる姿が浮かぶ。優しそうな彼なら、いいお父さんになってくれそうだ。

だが、ケンは私にこう告げてきた。

「ええと、チャットだと取り分は一時間二千円なんだろう？　今日は四時間セックスしたんだし、一万円くらいでいいのかな？」

私はしばらく黙り込んだ。問いただす必要もないだろう。ケンは私のことをただ「買った」だけだったのだ。私はただの慰み女以上にはなりえない、と彼は伝えているのである。

私は黙って差し出された現金を受け取った。お金には代え難《がた》いいい夢を見れたが、いい夢だっただけに、それが失われてしまった胸《むな》には、途方もない空しさが拡がり始めていた。

女教師の休日

睦月影郎

著者・睦月影郎《むつきかげろう》

高校在学中から漫画の投稿を始め、二十三歳の時に官能作家としてデビュー。以来『兄嫁の秘唇』『美少女の淫蜜』など百五十冊以上の作品を発表。自伝的エッセイ『哀しき性的少年』や『夢幻魔境の怪人　夢野久作猟奇譚』も評判に。

1

「まあ、一人だけ？　他のみんなは？」

出迎えた郁江《いくえ》が、少しだけ困ったような顔をして言った。

「なんか、みんな今日は都合が悪くて、明日来るそうです」

並男《なみお》が答えると、郁江も彼を招き入れ、部屋まで案内してくれた。

「それなら葉月《はづき》くんも、みんなと明日来れば良かったのに」

「ええ。でも幹事だし、いちおう今日来る予定になっていたから」

並男は言い、とにかく作戦の第一歩がうまくいったことを実感した。

部屋は二階だ。

母屋《おもや》が民宿の客用になって、離れが家人の住居らしい。

「じゃ、夕食までゆっくりしてね。前がすぐ海だから、泳ぎに行ってもいいわ」

郁江は、部屋で麦茶だけ入れて、すぐ奥へと去っていった。どうやら離れが手狭で、郁江のみ二階の廊下の奥に部屋があるのかもしれない。

並男は麦茶を飲み、開け放たれた窓枠に寄り掛かって脚を伸ばした。東京から二時間、だ。


外房《そとぼう》にある海岸沿いに、この「槍田荘《やりたそう》」はあった。

（とうとう来たな……）

並男は、今回の計画を思い出した。

一学期の終わりに、葉月並男は思い切って、文芸部顧問の槍田郁江先生に言ってみたのだ。

「夏休み、先生の家に遊びに行ってもいいですか？」

これは恋の告白だった。彼女の実家が海に近い田舎《いなか》の家と聞いていたので、一人旅にかこつけて寄り、親しくなろうと計画を立てたのである。

大学を出たばかり、二十三歳の彼女が春に赴任してから三カ月あまり、並男は彼女への片思いを膨《ふく》らませてきたのだ。

郁江を思ってオナニーするのは毎晩の日課だ。しかし、妄想だけでは気が済まなくなっていた。

しかも並男は十八になったばかりの三年生、今後は受験準備のため、一学期いっぱいでクラブ活動からは引退しなければならなかったのだ。

大好きな郁江先生に童貞を捧《ささ》げるのは、この夏休みに決めよう。そう思っての、必死の告白だったのだ。

「いいわよ。遊びにいらっしゃい」

しかし、彼女はいとも簡単にOKしてくれたのである。

「もちろんみんなでね。うち民宿なの」

有頂天の並男は、一気にガックリと肩を落とした。

まあ、一人では無理だろう。仕方なく並男は、部員から希望者を募《つの》り、今回の計画を立てたのだった。

ただ、みんなには明日来るように言い、自分だけ一日早く来てしまった。せめて一晩ぐらい、チャンスが欲しかったのだ。

（高校を出るまで、郁江先生はここで過ごしたんだなあ……）

並男は窓の外を眺《なが》めながら思った。

樹々の向こうに海が見える。

並男は服を脱いで海パンをはき、シャツを羽織《はお》って外へ出た。汗ばんでいたが、シャワーより海の方が良かった。

あまり知られていない静かな場所なのだろうか。海水浴客はあまりいなかったが、綺麗な砂浜で水も澄んでいた。

ひと泳ぎしてから民宿へ戻ると、郁江の母親が並男を呼び止めた。

「二階で昼寝してるんで、郁江を起こしてやってください。全く、少しぐらい手伝ってくれればいいのに」

言われて、並男は胸を高鳴らせて二階へ上がった。

下でシャワーを借りてTシャツと短パンに着替えてから、二階の廊下の奥へ行ってみた。

二階に他の客はいない。一階に一、二組いる程度のようだ。

人けのない廊下をそろそろと進んでいくと、やがて郁江の部屋があった。襖《ふすま》の脇に「従業員の部屋につき立入禁止」と書かれた古い紙が貼られていた。彼女が高校生の頃にでも貼ったのだろうか。

母親の様子では、あまり家の仕事など手伝わないようだが、こうしないと客が間違えて入ってきてしまうのかもしれない。

郁江先生の素顔が見えるようで、何やら微笑《ほほえ》ましかった。

しかし反面、並男は胸が高鳴り、そっと襖を開けた。

「先生……」

小さく声をかけたが返事はない。

中を見回すと、そこは八畳の和室。エアコンが微《かす》かに利いて、冷気が廊下に流れ出したが、逆に内部に籠《こ》もった甘ったるい匂いも、ふんわりと並男の鼻腔をくすぐってきた。

（郁江先生の匂いだ……）

並男はゾクリと股間を疼《うず》かせた。

室内を見ると、本棚に学習机、小型テレビにラジカセ、洋ダンスなどがあり、部屋の中央に布団が敷かれ、郁江が仰向けに眠っていた。

Tシャツに短パン、身体《からだ》には何も掛けていない。

セミロングの黒髪が白い枕とシーツに流れ、形良い胸がTシャツ越しに悩ましく息づいていた。短パンからは、健康的なナマ脚がニョッキリと伸び、素足の爪先までが何とも魅惑的に並男を誘っているようだった。

母親に起こしてこいと言われたのだ。入ったって良いだろう。

そして母親も、口で言うほど別に郁江の手伝いを必要としていそうもなかったから、逆に彼女がすぐ降りていかなくたって構わないだろう。

まず呼びに上がってくるようなことはないはずだ。

ならば並男は、中でいつまでも郁江の寝顔を眺めていたかった。

忍び足で中に入り込み、並男は彼女の枕元に座った。

もし急に彼女が目を開ければ、母親に起こすように言われたと言えば通ることだ。

しかし郁江は、寝入り端か、深く眠り込んでいるようだった。

閉じられている目は睫毛《まつげ》が長く、紅もつけていない小さめの唇が僅《わず》かに開き、白く綺麗な歯並びが覗《のぞ》いていた。

エアコンはかなり弱めで、まだほんのりと首筋は汗ばんでいた。

郁江は目を覚まさない。並男の胸の高鳴りは最高潮になっていた。

このまま強引に行動を起こしてしまおうか。予定では今夜だったが、こんなおあつらえむきの状況は他にないだろう。

並男はそっと身を寄せて屈《かが》み込み、黒髪に鼻を押し当ててみた。うっすらと甘い、リンスの香りが感じられた。さらにTシャツの胸は、ノーブラらしくポッチリと乳首の膨らみまで見えていた。

「……！」

並男は、もう欲望が止まらなくなってしまった。

まだまだ郁江も、目を覚ますような様子は見受けられなかった。

並男はそのまま郁江の美しい顔を間近に見下ろし、やがて、そろそろと形良い唇に迫っていった。

2

僅かに開いた唇からは、規則正しい寝息が洩《も》れていた。顔を寄せると、ほんのりと生温かくて湿り気を含み、果実のように甘酸《あまず》っぱい芳香が感じられた。

こんなに近くで、女性の顔を見るなんて初めてだった。

もう我慢できない。

とうとう並男は、そっと郁江に唇を重ねてしまった。

郁江の唇は圧迫に押しつぶれ、軽やかな弾力を伝えてきた。それはグミ感覚で柔らかなものだった。

もちろん、これが並男にとってのファーストキスであった。

もう目を覚まされて、叱《しか》られても叩かれてもいい、と並男は思い、舌を差し入れていった。

柔らかな唇も、表面は乾いているが、やや内側はほんのりと唾液に濡れていた。それを味わい、さらに舌先で彼女の歯並びを左右にたどった。それは固く滑《なめ》らかで、しかし開かれることはなく、内部に潜り込むことはできなかった。

美人教師の唇の感触と甘さ、かぐわしい吐息を心ゆくまで味わってから、ようやく並男は唇を離した。

まだまだ気は済まない。かえって欲望は膨れ上がり、完全に後戻りできないほど高まってしまった。

他に露出しているのは、スラリとした長い脚だ。

並男は下半身に移動し、白く滑らかな脚を近々と観察した。

女性の顔と同様、脚もこんなに近くで見るのは生まれて初めてだ。

舐めても大丈夫だろうか。

並男は、郁江の寝息の乱れに注意しながら、ムッチリした太腿《ふともも》に舌で触れてみた。

さらに足首の方へ向かい、足の裏にもチロリと舌を這《は》わせ、爪先にも鼻を押し当ててみた。

爪は綺麗に手入れされていたが、それでも指の股は汗と脂《あぶら》にほんのり湿り、微《かす》かな匂いが感じられ、並男の股間にゾクゾクと響いてきた。

何しろ、美人教師のナマのフェロモンに触れているのだ。

並男は両足とも鼻を当て、ほのかな匂いを吸収し、指の間にヌルッと舌を差し入れてみた。

「う……ん……」

郁江が小さく呻《うめ》き、爪先にしゃぶりついたまま、並男はじっと息を殺した。

しかし郁江は目を開かず、再び、規則正しい寝息に戻った。

並男は両足とも味わってから彼女の両脚を開かせ、肉づきの良いスベスベの内腿にも唇を押し当ててみた。

（うわーっ、興奮……！）

並男は激しく喘《あえ》いだ。何しろ、このすぐ近くに、女体の神秘の中心があるのだ。

もう止まらない。

どうなってもいいから、郁江のその部分に触れたくて、並男は彼女のTシャツの裾《すそ》をそろそろとめくり上げ、短パンのホックを外した。

そして下着と一緒に、短パンに指をかけ、ゆっくりと引き脱がせていった。

すると、郁江が僅かに腰を浮かせたのだ。

これは明らかに、並男の作業を手伝っているのではないか。

「せ、先生、もしかして目を……」

並男は恐る恐る話しかけた。

しかし郁江の様子は変わらず、相変わらず寝息を立てていた。

とにかく並男は作業を続け、短パンとショーツを引き下ろし、完全に両足首から抜き取ってしまった。

憧れの美人教師の下半身が、並男の目の前で丸見えになった。

こんな最中だというのに、並男は脱がせたばかりの、ほんのり汗に湿ったショーツに顔を埋め、ドキドキするフェロモンを嗅《か》いでから生身へと向かった。

やはり日頃から、下着一枚でもいいから欲しい、ということを思っていたから、つい行動を起こしてしまったようだ。

並男は、もう何も隠しようのない丸出しの股間に向かって、郁江の内腿の間に顔を進めていった。

神秘の部分が鼻先に迫った。

下腹から股間まで、白く滑らかな肌が続き、ぷっくりした丘になっていた。そこに柔らかそうな恥毛が色っぽく煙《けぶ》り、真下のワレメからはピンクの花びらがはみ出していた。

並男は思わずゴクリと生唾を飲み込み、小刻みに震える指を当て、グイッと陰唇を左右に開いてみた。

内部は、ヌメヌメと潤う綺麗な薄桃色の柔肉。奥には膣口が息づき、その周囲には細かな襞がバラの花弁状に入り組んで、何とも可憐な形状をしていた。

その少し上には、ポツンとした尿道口らしき小孔が確認でき、こんな美人でもオシッコすることが分かった。

さらに上には、小指の先ほどの包皮の出っ張りがあり、その下からはツヤツヤした真珠色のクリトリスが顔を覗かせていた。

そして内腿に挟まれた股間には、熱気と湿り気が籠もり、悩ましい女の匂いが並男を誘うように揺らめいていた。

もう我慢できず、並男は郁江の中心にギュッと顔を埋め込んだ。

柔らかな恥毛に鼻を押しつけると、隅々に籠もる悩ましい匂いが、うっとりと胸を満たしてきた。それは大部分が甘ったるい汗の匂いで、ほんのりと磯の香に似た成分が入り交じっていた。

舌を這わせると、内部は熱くヌルヌルして心地よかった。柔肉の隅々まで探るように舐め回すと、大量の蜜が溢《あふ》れて舌の動きが滑らかになった。

そのまま愛液をすくい取るように、ゆっくりと膣口からクリトリスまで舐め上げていくと、

「う……んんっ……」

郁江が、熱っぽい喘ぎ声を洩らした。

それでも頑《かたく》なに、彼女は寝たふりを続けていた。

しかし並男は、もう郁江の反応など見る余裕もなく、夢中になってワレメを舐め回していた。

さらに彼女の両脚を浮かせ、形良く豊かなお尻にも顔を押しつけた。両の親指でムッチリと谷間を広げ、奥にある可憐なツボミにもチロチロと舌を這わせた。

谷間にも淡い汗の匂いが籠もっていたが、特に生々しい刺激臭は感じられず、郁江の何もかも知りたいと思っている並男には少し物足りなかった。

やがて脚を下ろし、並男は再びワレメを舐めながら、自分も短パンと下着を脱ぎ去って、下半身を露出させた。

舌が疲れるまで舐めてから、並男は身を起こし、股間を進めていった。

初体験の緊張にドキドキしながら先端を真ん中に押し当て、ゆっくりと貫いていった。

「アアッ……！」

郁江が声を上げ、ビクッと顔をのけぞらせた。

並男はヌルヌルッと根元まで押し込んで身を重ね、そのあまりに心地よい感触に危うく暴発しそうになってしまった。

中の熱いほどの温もりと、キュッときつい締まりがペニスを包み込み、動かなくても果てしまいそうだった。

並男は深々と挿入したまま、郁江のTシャツをたくし上げた。

郁江はノーブラで、すぐに形良く張りのあるオッパイが露出した。

乳首も乳輪も初々しい淡い桜色で、胸の谷間はジットリと汗ばんでいた。

小柄な並男が屈み込むと、何とか両の乳首に口が届き、左右を交互に含んで吸うことができた。

さらに汗ばんだ腋の下にも顔を埋め、甘ったるいミルクに似たフェロモンを吸収し、伸び上がって唇も重ねた。

「ンンッ……！」

今度は郁江も前歯を開き、彼の舌の侵入を受け入れてくれ、激しく吸い付いてきた。

そして待ちきれないように、彼女の方が下からズンズンと股間を突き上げてきたのだ。

それに合わせて並男も腰を突き動かしはじめたが、あまりの快感に、たちまちジワジワと絶頂が迫ってきた。

溢れる愛液が、律動のたびにクチュクチュと淫《みだ》らに鳴り、揺れてぶつかる陰嚢までベットリと濡れてきた。

「く……！」

短く呻き、とうとう並男は激しい快感の怒濤《どとう》に巻き込まれてしまった。ありったけの熱いザーメンが美人教師の柔肉の奥に噴出し、並男は快感と感激の中で、最後の一滴まで脈打たせた。

ようやく動きを止めて体重を預け、並男は郁江の甘い吐息を感じながら、うっとりと快感の余韻に浸った。

すると、郁江が目を開いた。

「葉月くん、何やってるのよ……！」

「あ、お母さんが、起きて手伝えって言ってました……」

並男は、まだ股間を重ねたまま答えた。

3

（どうして、僕がするのを許してくれたんだろう……）

並男は、嬉しさと感激に胸を躍らせる反面、郁江の心が知りたくて、そればかり考えていた。

もう入浴も夕食も済み、自分の部屋に戻って、布団に仰向けになっていた。

あれから並男が身を離すと、郁江は何も言わずに起き上がって身繕《みづくろ》いし、先に部屋を出ていってしまったのだ。

夕食の時は郁江も、さすがに他の客もいたので階下の食堂で手伝っていたが、特に並男と会話は交わさなかった。

本当に、行動を起こして良かったのだろうか。並男は繰り返し思った。まあ郁江が傷ついてさえいないのならば後悔はない。

しかし彼女の心が分からなかった。

一体、どういうつもりで身体を開いてくれたのだろうか。

（僕なんかのことを、前から好きだった、なんてことは絶対にないだろう）

並男は自惚《うぬぼ》れ屋ではない。自分がチビでダサくて、まず女性にモテないタイプであることぐらい知っているのだ。

しかし真面目だし誠実でひた向きだから、そうした外見以外の面は、同級生の女子ではなく郁江ぐらいの大人なら、ちゃんと見ていてくれるだろう。

（それとも、先生は元から淫らな人で、男なら誰でも良いのだろうか……）

その可能性はないではないから、思い切って行動して良かったことになる。だが、それだと自分よりカッコいい男子生徒にも手を出すかもしれず、それを思うと嫉妬で気が狂いそうになった。

まあ、昼寝の最中に、自分を慕《した》っているらしい生徒が入ってきたので、少しだけ思いを叶えてやるつもりで寝ているふりを続けたが、そのうち自分も感じてしまった、というところなのだろう。

結局、並男はこの考えに落ち着いた。

静かだ。都会と違って車の音は聞こえず、遠くで波の音がするだけだった。

階下も寝たようで、どこも静まり返っている。

まあ明晩は、文芸部の男女が来るから、それぞれの部屋では夜中まで騒いでいることだろう。

だから、落ち着いてオナニーできるのは今夜だけだった。

並男は、昼間の夢のような出来事を思い出し、オナニーしようと思った。いや、夢でない証拠に、まだ肉体の隅々には郁江の肌の感触が残り、鼻腔にも、ふとした拍子に彼女の匂いが甦ってくるのだ。

並男は宿の浴衣《ゆかた》で寝ているが、暑いので毛布も掛けず、胸もはだけていた。

そのまま並男はオナニーのため、ブリーフを脱ごうとした。

と、その時、スーッと襖が開かれたのだ。

「……？」

並男は動きを止め、何者かが暗い部屋に入ってくる気配を感じた。

入ると、後ろ手に襖を閉めた。ふんわりと湯上がりの匂いがした。

（い、郁江先生だ……）

並男は確信した。次第に目が慣れてくると、白っぽい浴衣に黒髪が見えるようになってきた。

彼女は無言で布団の横に座って、はだけたままの並男の胸に、柔らかな手のひらでそっと触れてきた。

並男は、昼間のお返しというわけではないが、どのように反応して良いか分からず、思わず寝たふりをするような成り行きになってしまった。

郁江は屈み込んできて、上からピッタリと並男に唇を重ねてきた。

柔らかな感触が伝わり、すぐにヌルッと郁江の舌が侵入してきた。吹き付けられる吐息は熱く、並男はその甘酸っぱい匂いで鼻腔を満たした。

拒《こば》む理由はない。並男はすぐに前歯を開いて郁江の舌を受け入れ、チュッと吸い付いた。それは甘い唾液に濡れ、嚙《か》み切ってしまいたいほど美味しかった。

舌をからめながら郁江は、悩ましい仕草で並男の胸を撫で回し、さらに彼の帯まで解いてきた。

やがて並男が、充分に美人教師の唾液で喉を潤すと、郁江は唇を離して、彼の首筋から胸へと舐め下りていった。

「あう……」

乳首を吸われ、並男は思わず声を洩らした。男でも、激しく感じることが分かった。

郁江は彼の両の乳首を吸い、舌を這わせ、時にカリッと軽く嚙んでから、さらに唇と舌で下降していった。

肌をくすぐる息と舌のヌメリが何とも心地よく、しかも暗い部屋で無言で愛撫され、並男は妖しく幻想的な雰囲気の中で高まっていった。

郁江は、彼の帯を解き、シュルッと抜き取って大きく浴衣の前を開き、とうとうブリーフに指をかけて引き下ろしていった。

もちろん並男も腰を浮かせて手伝い、やがてブリーフは両足首からスッポリと抜き取られてしまい、ピンピンに勃起したペニスが露出した。

4

（うわ……、先生が……）

並男は、快感の中心に熱い息を感じて緊張した。

郁江は幹に、細くしなやかな指を添え、伸ばした舌先でチロッと先端に触れてきた。

並男は息を詰め、暴発しないよう奥歯を嚙み締めながらピクッと反応した。

郁江は何度か、ソフトクリームでも食べるように幹を下から上へ舐め上げ、さらに陰嚢《いんのう》にもヌラヌラと舌を這わせてきた。

「ああ……」

並男はゾクゾクと快感を高めながら、小さく声を洩らした。

郁江は大きく開いた口でパックリと陰嚢を含み、睾丸を一つずつ舌で転がし、小刻みに吸い付いた。

そして昼間並男がしたように、彼の両脚を浮かせ、お尻の谷間まで舐めてくれた。

「せ、先生、そこは……」

もう寝ているふりもできなくなって、並男はクネクネ悶《もだ》えながら口走った。

肛門をチロチロ舐められ、内部にまでヌルッと潜り込まれると、申し訳ないような快感が突き上がった。キュッキュッと収縮させ、美女の濡れた舌を肛門で感じるなど、何という贅沢な快感だろうと思った。

ようやく舌が離れ、脚を下ろしながらもう一度陰嚢の中央の縫い目を舌先でツツーッとたどってから、再びペニスの裏側を舐め上げてきた。

それが亀頭の先端までいくと、今度は真上からスッポリと含み込んできた。

「あう……！」

並男は喘ぎ、熱く濡れた柔らかな口腔に包み込まれ、間近に迫った絶頂を必死で遠退《の》かせた。

たちまち亀頭は、美人教師の清らかな唾液にどっぷりと浸り、熱い息が彼の下腹をくすぐった。

郁江は喉の奥まで呑み込んでから、口の中をキュッと締め付け、チューッと強く吸いながらゆっくりと引き抜いてきた。吸引が倍加され、やがて丸く締まる唇がカリ首で止まり、さらに亀頭が激しく吸い上げられた。

引っ張られるような快感の中、郁江の口がスポンと離れ、彼女は再び深く含んで吸引を繰り返した。

「く……、い、いっちゃうよお……」

並男は思わず警告を発したが、郁江は口を離さず、いつしか顔を上下させてスポスポとリズミカルに唇での摩擦を続けた。

内部ではクチュクチュと舌が蠢《うごめ》き、まるで並男は全身が、かぐわしい郁江の口の中に含まれ、唾液にまみれて舌で転がされているような感覚に包み込まれた。

もう限界だった。

「あぁッ……！」

並男は身を反らせて喘ぎ、激しい快感に全身を貫かれてしまった。

（いいんだろうか、郁江先生の口に出しても……）

一瞬ためらいが生じたが、郁江の方が口を離さない。

熱い大量のザーメンがドクンドクンと脈打ち、勢いよく郁江の喉の奥を直撃した。

郁江は咳き込むようなこともなく、おしゃぶりしたまま口の中に受けとめた。そしていっぱいになるとゴクリと飲み込み、そのたびに口の中がキュッと締まり、ダメ押しの快感が得られた。

（の、飲まれてる……）

並男は感激に身を震わせ、最後の一滴まで憧れの郁江の口の中に放出した。

やがて並男はグッタリと力を抜き、ようやく郁江も口を離してくれた。

彼女は自分も帯を解いて浴衣を脱ぎ、全裸になって彼に添い寝してきた。

並男は郁江に腕枕してもらい、甘えるように彼女の胸に顔を埋めて余韻に浸った。もちろん郁江がいてくれるのなら、まだまだ回復できる。

まして、こんな幸運な夜は今夜だけだろう。だから力の続くかぎり、やりまくりたい気持ちだった。

「出して落ち着いたでしょう？　まだできるわね？」

郁江が、並男の耳に口をつけて熱く囁いてきた。

「ええ……、でも、どうして僕と……」

「好き、と言っても信じないの？」

「あんまり……」

「前から、一度でいいから生徒に手を出したいと思って、何度も迷って興奮していたの」

「僕でいいの……」

「いいわ。口は固いし、何でも言うことを聞いてくれるでしょう？」

「はい。先生のためだったら」

並男は、郁江の胸に抱かれながら頷いた。

「みんなが来る明日とか、学校とかで親しげにしたらダメよ」

「分かってます」

「いい子ね」

郁江はこちらを向き、並男の額にキスしてくれた。

並男も、そっと乳首を含み、もう片方の膨らみに手のひらを這わせながら愛撫した。

まあ、どうせ郁江が自分に飽きるまでの関係なのだろう。それでも並男は構わなかったし、本当に今回の計画を実行して良かったと思った。

乳首を吸っていると、郁江が彼の手を取り、自らの股間に導いた。

並男も素直に柔らかな恥毛を探り、中指を谷間に添って這い下ろしていった。

すると指がヌルッと滑った。それほど郁江の真下は、熱い愛液が溢れていたのだ。

並男はヌルヌルとこすりながら、ヌメった指の腹でクリトリスを探った。

「ああッ……、いい気持ち……」

次第に郁江は熱く喘ぎはじめ、クネクネと悶えて身体をくっつけてきた。

そのうち指では物足りなくなったか、彼女は身を起こし、大胆に仰向けの並男の顔に跨《また》がってきた。男子の誰もが憧れている美人教師が、生徒の顔に跨がり、濡れたワレメを押しつけてきたのだ。

「うぐ……」

並男は顔に座り込まれ、心地よい窒息感に浸りながら必死に舌を這わせた。

「ああん……、もっと……」

郁江はグリグリと股間を動かしながら声を上げ、自ら両手で胸を揉みしだいた。

いくら暗い部屋とはいえ、日頃は可憐で上品な美人教師の淫らな姿を見て、並男もたちまちムクムクと回復してきた。

郁江はすっかり高まると、並男の股間に触れて勃起を確認し、そのまま移動していった。並男の股間を跨ぎ、幹に指を添えてゆっくりと座り込んできた。

「く……、すごいわ……」

ヌルヌルッと花弁に呑み込みながら郁江が声を上ずらせ、完全に腰を落とした。

「いい？　朝まで寝かさないわ……」

囁《ささや》かれ、一つになりながら並男は、朝まで身体が持つだろうかと心配になった。

——一夜明け、昼前には後発の文芸部員たちが民宿にやってきた。

並男の全身には、郁江との行為の余韻が隅々に残り、他の生徒が来てからも全身がぼうっとなっているほどだった。

もちろん郁江の態度に変わりはなく、部員たちも、よもや並男と彼女が関係したなど夢にも思っていないだろう。
並男は密かな優越感に浸りながら、皆を迎える郁江の豊かなお尻を眺めた。

初出誌

藍川　京　アクシデント　月刊「小説NON」二〇〇一年三月
牧村　僚　青い憧憬　月刊「小説NON」二〇〇〇年四月
雨宮　慶　歪んだ情交　月刊「小説NON」二〇〇〇年十一月
長谷　一樹　淫惑の誤算　月刊「小説NON」二〇〇〇年六月
子母澤　類　男のソテー、とろり蜜添え　月刊「小説NON」二〇〇〇年十月
北山　悦史　悶え嫁　月刊「小説NON」二〇〇一年一月
みなみまき　肌の取引　月刊「小説NON」二〇〇〇年八月
北原　双治　合い鍵　書下ろし
内藤　みか　匿名の女　月刊「小説NON」一九九九年七月
睦月　影郎　女教師の休日　月刊「小説NON」二〇〇〇年九月

一〇〇字書評

切り取り線

本書の購買動機（新聞名か雑誌名か、あるいは○をつけてください）

＿＿＿新聞の広告を見て	雑誌の広告を見て	書店で見かけて	知人のすすめで

住所	
なまえ	
年齢	
職業	

あなたにお願い

この本をお読みになって、どんな感想をお持ちでしょうか。右の「一〇〇字書評」を私までいただけたらありがたく存じます。今後の企画の参考にさせていただきます。

あなたの「一〇〇字書評」は新聞・雑誌などを通じて紹介させていただくことがあります。そして、その場合は、お礼として、特製図書カードを差しあげます。

右の原稿用紙に書評をお書きのうえ、このページを切りとり、左記へお送りください。電子メールでもけっこうです。

〒101-8701 東京都千代田区神田神保町三―六―五
九段尚学ビル　祥伝社　☎（三二六五）二〇八〇
祥伝社文庫編集長　加藤　淳
bunko@shodensha.co.jp

祥伝社文庫

上質のエンターテインメントを！　珠玉のエスプリを！

祥伝社文庫は創刊15周年を迎える2000年を機に、ここに新たな宣言をいたします。いつの世にも変わらない価値観、つまり「豊かな心」「深い知恵」「大きな楽しみ」に満ちた作品を厳選し、次代を拓く書下ろし作品を大胆に起用し、読者の皆様の心に響く文庫を目指します。どうぞご意見、ご希望を編集部までお寄せくださるよう、お願いいたします。

2000年1月1日　祥伝社文庫編集部

● NPN870

秘典《ひてん》　たわむれ　官能アンソロジー

平成13年8月5日　初版第1刷発行
平成13年9月1日　第2刷発行

発行者　村木博
発行所　祥《しよう》伝《でん》社《しや》
東京都千代田区神田神保町3-6-5
九段尚学ビル　〒101-8701
☎ 03（3265）2081（販売）
☎ 03（3265）2080（編集）
印刷所　図書印刷
製本所　図書印刷

著者　藍川《あいかわ》　京《きよう》・牧村《まきむら》　僚《りよう》
雨宮《あまみや》　慶《けい》・長谷《はせ》一樹《かずき》
子母澤類《しもざわるい》・北山悦史《きたやまえつし》
みなみまき・北原双治《きたはらそうじ》
内藤《ないとう》みか・睦月影郎《むつきかげろう》

ISBN4-396-32870-2 C0193
祥伝社のホームページ・http://www.shodensha.co.jp/